让日常阅读成为砍向我们内心冰封大海的斧头。

最后一人

한 명

[韩]金息 著　叶蕾 译

国际文化出版公司
·北京·

目 录

最后一人　/001

解读　记忆的历史，历史的记忆——朴惠泾　/215

作者的话　/229

译后记　/233

参考资料　/239

写在前面：

本书写于若干年后，在世的韩国日军慰安妇受害者只剩下最后一人的假想时间。

特别提示

1. 本小说是在韩国慰安妇老人们的证言基础上经艺术加工写成。
2. 文中引用的证言出处均于文末以尾注数字1、2、3……的形式标出。

1

*

就剩下最后一个人了。本来还有两个人,昨天晚上,其中一个人撒手人寰……

她默默叠着毯子,手冻得有些僵硬。听说三个人当中走了一个还剩下两个,不过是一个月之前的事。橘黄色的珊瑚绒毛毯褪色很严重,已经接近米黄色了。

她把叠好的毛毯推到一边,然后开始用手清理地面。她将地板上的灰尘、皮屑、线头和白头发都归拢到手掌下面,嘴里低声喃喃着:

这里还有一个呢……

她开着电视来到檐廊上,刚要去院子里,肩膀却突然一缩。棕色的鞋子旁,俨然有一只死喜鹊。喜鹊的喙深深地埋在翅膀里。

是蝴蝶[①]抓来的。四天前,蝴蝶曾抓了一只麻雀送过来。是一只还很年幼的麻雀,小小的,就像刚刚出生还没握过任何东西的婴儿的手。那段时间,她在巷子里见过练习飞翔的小麻雀。背阴、僻静的巷子里没有一棵草木,小麻雀在那里不断重复着飞翔与坠落。她刚想走近一些,隐藏在半空中不知什么地方的麻雀妈妈立刻叽叽喳喳地猛叫起来,仿佛在拉响紧急警报,受到惊吓的小麻雀立刻钻进雨水槽躲了起来。原本她只是想看看小麻雀学本领,此刻却凄然发觉,身为人类的自己对于麻雀来说意味着恐怖。

她蜷着身体坐在檐廊上,一半脚露在外面。死喜鹊和鞋子影影绰绰,竟难以分辨。她反复打量着它们。

院子里到处都不见蝴蝶的踪影。蝴蝶有时会发出尖细的叫声来宣示自己的存在,但多数时候它都来去无声。大门旁有个塑料容器,只要看看里面的猫食和水是否变少,就能知道蝴蝶是否来过。她不是蝴蝶的主人,但一直为它备着食物和水。那一天,她在水池

[①] 这本是一只猫的名字,作者给这两个字赋予了特殊含义。2012 年,韩国慰安妇幸存者金福童、吉元玉用所获捐款设立了"蝴蝶基金",用于帮助战争中受到伤害的妇女、儿童。"蝴蝶"二字中寄托着希望慰安妇幸存者走出战争创伤、获得心灵上的自由的蕴意(本书注释除特殊说明外均为译注)。

边看到一只瘦骨嶙峋的猫在徘徊,她便为它拿来了一些刚煮完汤底的小鲲鱼。这算是他们的初相识。

她常常想,在野性较强的动物中,还有哪种动物像猫这样,俘获猎物不是为了自己吃,而是为了送给人类?有时是一只老鼠,有时是一只鸟,蝴蝶常常叼来猎物放到她的鞋子旁边,仿佛在展示自己的战利品。蝴蝶第一次为她叼来的就是一只死喜鹊,当时她板起脸厉声呵斥了蝴蝶,并让它把喜鹊送回原处,可蝴蝶懒懒地躺在院子里的水泥地上,不为所动。次日,蝴蝶又叼来一只老鼠,依旧放到了她的鞋子旁。

蝴蝶会知道吗,自己费力抓来的猎物只会让她感到害怕。

想到蝴蝶为了身为人类的自己而杀生,她不禁打了个寒战。

或许是因为昨晚听说又有一人离世,此刻,蝴蝶的杀生让她觉得比以往更加不祥和可怕。

喜鹊灰黑色的喙张得有一粒葡萄那么大,里面一片猩红,像是谁偷偷灌了鲜血进去。

蝴蝶是不是天刚蒙蒙亮就去捉喜鹊了?

*

她刚要伸出右脚去穿檐廊下的鞋子,又把脚缩了回来。右脚冲着去的,不是鞋子,而是旁边的死喜鹊。

她向水池走去，猛地抬起头。巷子里有只喜鹊在叫！喜鹊的叫声不像是从鸣管里发出的，倒像是从黑不溜秋的喙尖发出来的。那用来啄蚯蚓肉和挖出老鼠内脏的喙尖……

她去了家门前的小河边摸螺蛳，之后便不见了踪影，一晃都第二年了。打那时起，喜鹊一叫，她的妈妈就对妹妹们说：

"喜鹊在叫呢，你们到喜鹊叫的地方看看去。"

每当这时妹妹们总会问：

"喜鹊叫的地方怎么了？"

"喜鹊老在那儿叫，看看你姐是不是死在那儿了……"

总之，只要喜鹊一叫，不管是在厨房里生火，还是在从酱油缸里舀酱油，妈妈总是对妹妹们说：

"你们到喜鹊叫的地方看看去。"

妹妹们都害怕，谁都不敢去喜鹊叫的地方看。

妈妈实在催得紧，二妹妹只好说了谎。她没到喜鹊叫的地方看，而是去了一趟红薯地。

"我到喜鹊叫的地方看过了，姐姐不在那儿。"

如果妈妈还活着，她很想问妈妈，为什么您自己不去看，非要让年幼的妹妹们去呢？[1]

五年过去了，大女儿依旧音信全无。妈妈带上十几穗玉米棒子，去了烟地对面的算卦的家里。算卦的说，大女儿死在了河对岸。[2] 回去后，妈妈每天晚上都在酱缸上摆三碗水，然后跪拜。酱油缸上一碗，大酱缸上一碗，辣椒酱缸上一碗。³ 大酱缸里没有大酱，是空的。好不容易借来些豆子做了酱曲，都被成天吃不饱饭的妹妹们一点一点掰着吃完了。⁴

靠打短工过活的爸爸连家里一天的口粮也没挣回来。妈妈背不下皇国臣民誓词，也领不到粮食。皇国臣民誓词是向日王①宣誓忠诚的誓言，只有背过誓词，才能领到粮食。妈妈只能讨来一些榨完豆油后剩下的豆渣饼，给妹妹们充饥。再不就是没日没夜地帮人家踏碓，分到一点儿谷糠，放点儿干菜叶进去一家人煮着吃。

喜鹊叫得很吵，她似乎又听到妈妈在说：

"……你们到喜鹊叫的地方看看去。"

如果过去，好像真的会看到自己，脚腕被军用腰带绑着，浑身一丝不挂。

军人的眼睛像个脓包。她蹬着腿挣扎，他便解下腰带，把她的脚腕绑了起来。⁵

他看她闭着眼睛，以为她睡着了，就"啪啪"扇了她好几个耳光。她猛地睁开眼，死死地盯住眼前这张脸。军人已经到达兴奋的顶点，表情痛苦地扭曲着。

扑向她身体的时候，所有的军人无一例外，都做出了他们所能做出的最丑陋的表情。

---

① 韩国人称日本天皇为日王。

*

剩下的最后一个人会不会是那个人呢？几年前，那个人上过电视，还说，在听到那句话之前怎么也不能死。

那句话，就算是神也无法代替她们说。

据说，她一辈子都在等那句话。她总觉得那个人是珺子。女人沉默了一阵之后，突然开始解上衣的纽扣。说，不脱衣服的话不知该怎么开口，⁶一定要让对方看看自己的身体。

她连上衣里面的内衣也一块儿脱了，露出肚子正中央那一条像生锈的拉链般的手术瘢痕。

"要是光打胎，我以后还能生孩子。可他们把我的子宫都切除了。我哪知道他们会那么干。我拼了命都想有个孩子，又是去庙里上供，又是求三神婆①，还跳过大神儿。"⁷

那年，只有十六岁的珺子怀孕了，肚子一天天大了起来。他们却说："这丫头年纪还小，脸蛋也漂亮，还有不少用处，把她的子宫割了！"⁸

六十多年前，她去过珺子的老家。她跟珺子同岁，她说自己想珺子想得都要疯了。⁹

---

① 韩国民间信仰中掌管怀孕生子的神仙。

庆尚北道漆谷郡枝川面①……这是珺子告诉她的老家地址,她一直都记得。果然如珺子所说,沿着一条镰刀似的弯弯的小路,走到路的尽头就是珺子的家。此时,正是黄灿灿的大麦成熟的季节。

珺子妈妈的人中上长着一颗小豆似的痣,让人很容易记住。

"你是?"

她回答说是珺子的朋友。珺子妈妈听了急忙问:

"你也去过'满洲'②的制线厂吗?"

见她没回答,珺子妈妈又问:

"我家珺子没从'满洲'回来吗?"

"珺子,没回来吗?"

"没有啊。你没跟我家珺子一起回来吗?"

"我没能跟她一块儿出来……"

不能说开始是一起出来的,中途又分开了,她只好含糊其词。

"为什么没能一块儿回来呢?"

"是啊……"

"要是一块儿回来了该多好啊。"10

珺子妈妈用双手紧紧抓着她的胳膊哭了起来,好像她的胳膊就是自己的女儿。

她想走了,可珺子妈妈非要留她吃饭。老人家去厨房生火,做

---

① "道""面"均为韩国行政区划单位,相当于我国的"省"和"乡"。(编注)
② 满洲,即"满洲国",1931年,日本帝国主义侵占中国东北地区后,把其扶持成立的傀儡政权称为"满洲国"。(编注)

了新米饭。听说珺子在"满洲"制线厂的伙伴来了,村里的女人纷纷停下手里的农活,都赶了过来。

一个掉了门牙的女人一上来便急切地问道:

"我家女儿怎么没回来啊?"[11]

"您女儿是谁啊?"

"叫己淑,我家己淑也是跟珺子一起去的'满洲'制线厂。"

她一时语塞。这时,一个穿着黑色劳动裤的女人又抓住她的手问:

"我家常淑还好吧?"

"常淑?"

"就是那个眼睛大大的常淑。"

"我家明玉怎么没回来呢?"

"不知道……"

伤心的女人们一个个都回去了。这时,珺子妈妈问她:

"也就是说,就你自己回来了?"

自己活着回来[12]的罪恶感重重地压着她,嘴里的大麦饭难以下咽。

自己活着回来有罪吗?哪怕那个地方是地狱?

*

她站在窗边往外面的巷子里看。布满钻石纹样的防盗窗很多地方都掉漆了，锈迹斑斑的。一束细长的阳光照了进来，仿佛一把尖刀刺在她的脸上。

她目不转睛地盯着那面满是墨绿色霉斑的墙，突然长舒一口气。听到还有四十七个人仿佛还是前几天的事情，怎么转眼就只剩下一个了呢？

她的两只脚接连向旁边慢慢移步，就像在画一朵放射形花瓣的花。

每当抬起脚，地板革就会轻轻地翘起来。奶糖色的地板革千疮百孔，上面布满了被尖东西扎过后留下的小坑、被热东西烫过的痕迹、被挤压后留下的印子、锋利的东西留下的划痕……

就像把自己的一生都抛在身后，她缓缓地，缓缓地从窗边转过身来。

不是四十七个。

是哪一年来着，一年就走了九个，然后才剩下四十七个。所以不止四十七个……

四十七加九……去商店或市场买完东西时，她最愁的就是那些数字的加加减减。

她进了厨房，出来的时候手里拿着一袋挂面。本来打算买回来留着煮面吃的，结果到现在连包装都没打开过。她在地板的一侧铺张报纸，然后在上面把挂面的包装袋打开。

把面条倒在报纸上。

拿起一根面条放到一边,嘴里小声数着,一。再拿起一根放过去,数着,二。再拿起一根放过去,三。再拿一根,四。再拿一根……

一共五十六根。

四十七加九。

把面条收拾好装回袋子里,然后起身。她脸色突然一变,低头去看自己的脚,总觉得穿在脚上的不是自己的鞋子,而是死喜鹊。

虽然已经再三看清那不是死喜鹊,但她的目光还是无法从脚上移开。

*

送到嘴边的面条一滑,掉进了碗里。面条里放了三四片泡菜,拌了一点儿辣椒酱,红红的,已经坨住了。她搅动面条想把它们弄散,最后却默默地放下了手中的筷子。

石顺姐的身体就像面条一样被抻开,从中流出汩汩鲜血。想到这里,她再也吃不下去了。[13]

那次,她们去一个驻扎在偏远山区的军营慰安。

矮胖的中队长把女孩们都召集到了营帐前面,然后拔出一把长长的刺刀。他那凸起的眼球里充满杀气,闪着骇人的光。

"谁能接待一百个人?"[14]

"我们犯了什么罪,要接待一百个人?"

石顺姐个头虽不高,却伶牙俐齿。听到她的分辩,中队长吩咐士兵把她拉到前面去。

"都好好看着,这就是反抗的下场。"

士兵们像给小鸡剥皮一样瞬间脱去了石顺姐身上所有的衣物。石顺姐的身体瘦骨嶙峋,像男人的身体一样。女孩们心惊胆战,吓得大气都不敢出,只能紧紧咬住下嘴唇。中队长的目光从她们身上一一掠过,似乎要把她们生生吞掉。为了不和中队长的目光相遇,她连忙低下了头。营帐后面传来钉钉子的声音,听起来有几十个钉子同时在钉。直觉告诉女孩们,眼前马上会有非常恐怖的事情发生。

几个士兵抬着一张钉了大概三百多个钉子的木板从营帐后面走了出来,一名士兵面无表情地拉起石顺姐就往木板那边拖。恐惧的石顺姐吓得连连后退,两个士兵见状分别从两边架着她,另一个士兵冷笑着,用粗绳子把石顺姐的两只脚绑了起来。然后一个人抓住石顺姐的头,另一个人抬起石顺姐的腿。

他们按着石顺姐在木板上滚,浑身赤裸的石顺姐,身体被钉子纷纷刺入又拔出,顿时变成了马蜂窝,血流如注。

海今尖叫一声,接着便晕倒了。她则把头埋进比自己高一头的金福姐的腋窝下。浑身像筛糠一样瑟瑟发抖的己淑姐也吓得大叫一声,接着便一屁股瘫坐在地上。

石顺姐在钉板上滚了一圈,天和地似乎也颠倒过来了,天来到了女孩们的脚底下,一些比乌鸦还要小的黑鸟也栽在她们的脚下。

对他们来说,杀死一个女孩跟杀掉一条狗没什么两样。[15]

他们没用土埋石顺姐,而是把她扔进了茅厕。
他们说找地方用土埋她简直是浪费。[16]

她目睹了石顺姐被害的整个过程,却怎么也想不起来石顺姐最后是怎么死的。

*

碗洗到一半,她突然一屁股瘫坐在厨房的地板上。下身咯噔咯噔的,像生锈的烂钉子般格格不入,咯噔,咯噔。[17]
他们还用钉子扎那里。下身肿得厉害,实在无法执行任务时,他们就破口大骂,然后用钉子把那里一顿扎。[18]

*

她缓缓扫着院子,一群蚂蚁进入她的视线。一只死去的蛾子身上,蚂蚁们围得里三层外三层。她正纳闷蛾子怎么会死在水池边上,接着又频频点头。蛾子葬身哪里都不足为奇,衣柜里、水槽里、米桶里。

老家在平安南道平壤的石顺最后死在了"满洲"。在来"满洲"的慰安所之前,石顺姐一直在烟厂干活,她负责把一种叫"长寿烟"[19]的烟丝装进包装盒里。

"每天从早上八点干到晚上七点,一个月的工资可以买半斗米。"石顺姐把去烟厂上班的事说给大家听,寒玉姐用羡慕的口吻问道:

"你是怎么进到烟厂的呢?"

"先面试,再体检,然后就进去了。别看我个子小,可我手脚麻利,还有冲劲儿哪。"

在烟厂干了一年多,石顺就回家了。那天,她正在煮四季豆,家里来了两个巡警。一个骑马,一个步行。后天就是夏至了,所以当时天还很亮。步行的巡警对石顺妈妈说,得让你的女儿到日本纺织工厂去。

"他们说五天后就来接我,让我不要去烟厂了,就在家老老实实等着。还说假如我敢逃跑,他们就用枪把我家的人都打死。妈妈哭着说不让我去,我当时光顾着吃四季豆了,四季豆真好吃啊。五天后他们真的派人来了,我早饭都没吃完就跟着他们走了。"[20]

"我当时正在用生菜蘸大酱吃,四眼来了,我只好跟他走了。他一个劲儿地催我快点,说赶紧出发才能赶得上火车。"[21]

寒玉姐问:"四眼是谁啊?"

冬淑姐说:"是巡警的狗腿子,姓金。只要提起四眼,在我们老家那边没有不知道的。"

她把扫帚放到一旁，在蛾子前面蹲了下来。

蛾子就像是子宫。几十只蚂蚁将蛾子层层围住，用比人类睫毛还要小的口器顽强地撕咬着蛾子的身体。眼前的蛾子就像是她的子宫。

蚂蚁就像排着队接二连三涌过来[22]的日本士兵。想到这里，她不禁怒由心生。

她拳头紧握，抬起右脚就向蚂蚁们狠狠踩去。蚂蚁们吓得魂飞魄散，四下逃窜。看到被踩扁的蚂蚁们脚朝天乱颤，她才如梦初醒，接着被自己突如其来的举动吓了一大跳，连忙缩回了脚。

有时她会好奇，如果神俯视自己，会是什么样的表情呢？皱着眉头，还是非常生气？一脸失望，还是充满同情？

对了，神也有脸吗？

有的话，神的脸也像人的脸一样会变老吗？

她总觉得，就算神有脸，也是不会变老的。不是因为神的脸不会老，而是因为神的脸已经老得不能再老了。

*

她从柜子里拿出褥子，在镜子前面铺好。

背对门槛坐着，用手一再轻抚着褥子。

落日的余晖深深地映入西边的檐廊。她的影子映在褥子上，像一圈尿渍。

她来到褥子上面,面朝屋顶躺下。

闭上眼睛,却了无睡意。她并不着急入睡。她知道,即便不睡觉,人也不会死。[23]

在过去的七十年里,她从未睡过一个安稳觉。身体睡着的时候,灵魂却醒着;灵魂睡着的时候,身体却醒着。

睁开眼睛,然后缓缓侧身躺着。她用手轻轻抚摩着褥子,像是在期待着有人来到她身边。

可是,没有人过来。

2

*

她的鞋子放在一直不曾变过的位置,左脚的和右脚的鞋紧挨着,仿佛从未离开过那里。

鞋子上的暗影斑斑驳驳,看起来就像五六岁的女孩穿的鞋子般小巧。

仿佛来去无踪,此刻的她正一动不动地坐在里屋的电视机跟前。分不清是电视里的声音，还是她嘴里发出的声音，在屋子里和檐廊上方飘荡。

　　电视机里，年老的妇人腰弯得像一把镰刀。她在同一个地方卖了四十多年的拌饭。大铝锅里熬着猪骨汤，十几个装有米饭和蔬菜的大碗在铝锅旁边一字排开。碗里高高地撂着豆芽、菠菜、蕨菜等蔬菜，看不到下面的米饭。据说，来吃拌饭的都是一些年老的石匠。

　　老妇人用汤勺舀起骨头汤倒进碗里，待汤差不多没过蔬菜，再把汤重新倒回铝锅。

　　倒的时候，为了不让蔬菜和米饭掉出来，老妇人用汤勺按着它们。

　　这样反复烫六次。老妇人的动作机械且单调，但一丝不乱。

　　像花骨朵绽放般，她的左手手指依次伸开。望着左手手掌，她的嘴角浮起一丝涟漪般的微笑。

　　她总是出现幻觉，看到螺蛳在左手手掌上蠕动。一共六只，有半大的，有比半大的大一些的，还有比半大的小一些的，看起来好像和睦的一家子。

　　明知这是幻觉，她还是提心吊胆，害怕螺蛳从手上掉下来。果不其然，比半大的稍大一点儿的螺蛳吊在拇指和食指中间，摇摇欲坠。她把它拿起来放到手掌中央。

　　某个瞬间，幻觉像泡沫般一触即灭。可她还是分明感觉到了螺蛳的蠕动，肩膀不由得颤抖了一下。

她知道，螺蛳虽小，生命力却极顽强。别看只有橡皮团那么大，可即使离开水，它们也能苦苦支撑，坚持良久。

流年一瞬，转眼已经是七十几年前的事了……

七十几年前，她在家乡的小河里摸螺蛳。几个男人突然出现，他们抓住她，把她拖到了河堤上。

然后，一个人抓住她的腿，还有一个人抓住她的胳膊，把她扔进了卡车的车厢。她被高高地抛起，然后重重地落下。彼时，已经有五六个女孩坐在里面。[24]

她记不清是四个男人，还是五个。只记得他们之间互相都说日语。

把女孩们从大邱站送到哈尔滨站的男人就是他们当中的一个。

她以为他们会杀了自己[25]，连他们要把自己带到哪里去都没敢问。

当时只有一种感觉，就是害怕。[26]

卡车来到河边的一家旅馆，又拉走一拨女孩。和一脸恐惧的她不同，旅馆里的女孩们看起来都比较放松，甚至有些兴奋。她们互相叽叽喳喳地交谈着，不时咯咯咯地爆发出阵阵笑声。离开旅馆之前，她去了趟茅厕，回来时看到山坡上开着一种紫色的花，生平第一次看到这种花，她满脸都是新奇。一个女孩问她：

"漂亮吗？"

"这是什么花呀?"

"桔梗花。"

女孩比她高出一头,穿着旧式黑色短裙和系纽扣的棉布衫,脚上穿着一双木屐。

"我摘给你吧?"

女孩这样问,她不假思索地点了点头。女孩向山坡上走去,想把桔梗花摘回来。一个男人看到后马上大吼一声,女孩吓了一跳,手忙脚乱中,桔梗花被踩坏了。

在火车上,女孩穿着木屐的脚上始终粘着被踩坏的桔梗花。[27]

卡车跑了一顿饭的工夫,把女孩们拉到了大邱站。

没能在大邱站逃掉一直是她心里最大的遗憾,可即使重回那时,她十有八九还是不敢逃跑。暂不说把她抓上车带到这里的那些男人一直在旁边守着,大邱站到处也都是日本宪兵和军人。再加上她是第一次来车站,眼前的阵势早已让她腿脚发软。

人群像海浪一样一波波涌来,为了不被冲散,女孩们互相拉着手。她们大都十五六岁,身上穿的衣服形形色色。有的女孩下身穿着类似劳动裤的裤子,上身穿着一件羽织①;有的女孩下身穿着黑色的长裙,上身穿着白色的紫薇纱韩式短袄。[28]她的下身穿着那件短得有些突兀的裤子,[29]上身穿着一件黑色的粗布短袄。

一个年老的女人站在离她们不远的地方。女人一身白色的韩

---

① 日本服装的一种,可做礼服或用来防寒,一般套在和服外面穿。

服，头发拧成麻花状后绾成一个髻，怀里抱着一只用白色土布包袱包着的公鸡，公鸡的鸡冠长得格外大和红，鸡头伸在包袱外面，抽风似的一抖一抖的。

黑洞洞的火车头喷着木耳状的浓烟自轨道上升起时，她不由得握紧了自己的左手。也不知道要去哪里，她夹在女孩们当中，被推挤着上了火车，左手还攥着那六只螺蛳。她握得实在太紧了，螺蛳深深嵌进了她的手掌，仿佛在那里打了洞。

一个高个儿、长脸，看起来五十多岁的男人在后面看着女孩们上火车。把她抬着扔进卡车车厢的时候，抓住她的腿的人就是他。在当时，五十岁的话就算老头儿了。[30] 男人穿着一条肥大松垮的裤子和白色的上衣，乱蓬蓬的头发一片斑白，就像刚在盐田里打过滚似的。

上了火车，男人给女孩们每人分了一点儿面包片。面包片干巴巴的，微微发黄，有点像饼干。[31]

火车中间隔着走廊，两侧的座位相对而置，每侧可供三个少女并排而坐。日本兵两人一组，不停地在走廊上来回巡视。[32]

从浦项开来的火车上还有四个浦项女孩。

火车从大邱站出发，开到元山的时候，她左手的螺蛳还在动，它们还活着。

担心睡着后螺蛳会从手指缝儿里跑掉，她努力让自己保持清醒。冥冥之中，她总觉得螺蛳能帮助她重新回到家乡的那条小河边。她担心螺蛳干死，用手指头蘸着唾沫涂到它们身上。那一丝丝的唾沫似乎有股臭味，很快就干掉了。

当听说另外一个人离世，只剩下自己的时候，最后一个人的心情会是怎样呢？她突然想。

会不会像孤零零漂浮在茫茫大海中的小船一样感到恐惧和孤独呢？如果知道这里还有一个人，那人会得到些许安慰吗？对别人来说可能无所谓，但是，是否应该告诉那个人，这里还有一个呢？可是，她不知道那个人住在哪里。

她也曾经是日军慰安妇，但是世人并不知晓她的存在。因为她从未进行过慰安妇申报。

她想，像自己这样没有进行慰安妇申报的应该大有人在。她们以自己为耻，觉得无颜面对世人，尽管那并不是她们的错。[33]

环顾房间四周，她突然不知自己此刻身处何处。视线最后落在了镜子上。每天早晚都要照的镜子，此刻竟然如此陌生，就像一个从未见过的迷宫。

这是哪儿啊……

坐在火车上，她在心里一遍遍地问自己。这是哪儿啊……在大邱站上车之前，她从没去过离家十里以外的地方。[34] 现在，她只能模糊地感觉到火车在向北走。³⁵火车一路北上，令人疑惑和不安，可是，她不知道该问谁。

别人说大田就是大田，说奉天①就是奉天，说清津就是清津。³⁶她听到几个女孩在小声交谈着。

"你也去'满洲'吗？"³⁷

"我也去'满洲'。"

"我们也是去'满洲'。"

"听说'满洲'那边赚的钱都是论麻袋装的。"

对于从未出过远门的女孩们来说，"满洲"就像一个遥远的传说。

"他们说让我去做护士。"³⁸

上身穿着一件红色的韩式短袄，下身穿着煤黑色旧式短裙的女孩说道。

"我去制衣厂。"

穿着淡绿色韩式短袄、编着条长辫子的女孩说。

"我去山田工厂理线。"³⁹

长着一双丹凤眼的女孩脸上有些麻点。

"我去一个好地方。"

下身穿着黑色旧式短裙、上身穿一件白色紫薇纱短袄的女孩笑嘻嘻地说。

"好地方？"

---

① 沈阳市旧称。

"村长大叔说要给我介绍一份好工作……爸爸问什么工作，村长大叔说是个很好的地方，很不错的工厂。还说反正工厂很好，只管去就行。"

"给的钱多吗？"

"那要看你活儿干得怎么样。"[40]

"你去什么工厂啊？"

坐在她旁边的女孩问她。女孩穿着一件粗布短袄，袖口处露出细细的手腕。

"我不知道。"

她刚想说自己是在河边摸螺蛳的时候被抓过来的，迎头和男人的目光相遇，吓得赶紧把剩下的话咽了回去。

火车一路奔跑，有时会在隧道里停上半天。

就这样走了不知三天还是四天，中途好像还换乘过别的火车，她有些记不太清了。

终于，男人告诉她们可以下车了。是哈尔滨站。虽说已是五月中旬，天气还是像三月初一样阴冷。天空就像抹了一层水泥，看起来阴暗又坚硬。女孩们哪里会知道，那里直到三月还会下盖过袜筒的大雪。由于三四天没洗脸了，再加上一路上被火车的煤烟熏染，女孩们的脸都黑乎乎的。圆眼睛女孩身上的白色紫薇纱短袄已经变得脏兮兮、皱巴巴的了。

车站周围到处都是日本兵。一行身着军装、背着圆鼓鼓卷起来的军用毛毯、右肩扛着长枪的日本兵正匆匆赶往某个地方。还有一些士兵席地而睡，他们头上戴着钢盔，面朝着同一个方向，睡梦中脸上都露出痛苦的表情，好像在做着同样的噩梦。其中也不乏一些稚气的面孔，看起来就像玩累后睡着的孩子。有的人头上的钢盔掉下来滚走了也不知道，只咯吱咯吱地磨着牙。一辆拉满了石子的马车从旁边经过，但熟睡的士兵们浑然不觉。

车站的一侧挨挨挤挤坐了很多女孩，怀里都抱着或黑或白的粗布包袱。可能她们也好几天没洗脸了，看起来都灰头土脸的。泥巴四处飞溅，一辆货箱帘子破破烂烂的运货车开过来，停在了女孩们面前。

货车在一望无际的茫茫原野上疾驰着，时不时被高高地抛起。这样跑了半天，[41]女孩们来到了一处四面围着三合板、房顶盖着屋瓦的房子跟前。

一个身穿青灰色和服、拖拖拉拉地踩着木屐的矮胖女人正从铁丝围栏[42]的那一侧往这边走。

看到从车厢里下来的女孩们，女人立刻数了起来，就像在数有几头绵羊或山羊之类的牲畜。

天空中彩霞满天，像是泼了洗过血衣的水。[43]

往铁丝网里面看了几眼，她被吓得发出一声尖叫。一个身穿蓝色和服、脸被涂成红色的女人鬼魂一般地站在那里，嘴里还咬着什么东西。再仔细一看，原来那不是真人，而是个稻草人。稻草人的嘴里咬着一块魔芋。[44]

　　清点了一下女孩们的人数，女人突然用日语和货车司机争执了起来。她吓得躲到一个紧紧抱着粗布包袱的女孩身后。在火车上这一路，女孩怀里一直抱着那个粗布包袱。火车走到清津的时候，女孩打开包袱，从里面拿出白米蒸糕，和其他女孩一起分着吃。蒸糕是女孩的妈妈给带的，妈妈告诉她，饿了就吃这个。蒸糕上星星点点地撒着很多黑色的小豆子，像老鼠的眼睛。黑豆已经馊了，闻起来酸酸的。可女孩们还是把蒸糕放进嘴里，努力地嚼着。[45]

　　生气的司机像赶一群牲畜一样把女孩们赶进了铁丝围栏里。司机留着小胡子，下身穿着暗黄色的束脚裤，头上戴着鸭舌帽，还戴了一副度数很高的金边眼镜。[46]

　　女人让女孩们叫她"哈哈"。听了别的女孩的话她才知道，"哈哈"是日语中"妈妈"的意思。

　　哈哈告诉女孩们，从明天开始她们就要接待军人了。当时她天真地以为，军人们来了以后，只要给他们做饭、洗衣服、洗袜子就可以了。

　　之前说去山田工厂理线的女孩问哈哈：

　　"要怎么接待军人呢？"[47]

　　一路上，女孩根本不知道火车去的是中国还是日本[48]，只一直说自己是去山田工厂。火车一路向北行驶，女孩依然说自己是去山田工厂。当时她还想，看来山田工厂是在北边啊。

　　"军人们来了以后，你们得陪他们睡觉。"[49]

听到哈哈这样说,女孩们有些不明就里,不由得面面相觑。她们已经觉察出不对劲了,因为这里只有一些像猪棚一样的房屋,根本看不到工厂建筑的影子。

"为什么要我们陪他们睡觉啊?"

其中一个女孩略带不满地追问了一句。在火车上这一路,告诉大家现在走到京城①、平壤、新义州、安东②、长春的就是她。

"因为你们来的是接待军人的地方,所以就得做这样的事情。"

"听说是来这里当护士,所以我才来的,要是知道这里是接待军人的地方,我才不会来呢。"

门牙有些前突的女孩争辩道。

"只要你们肯为大日本帝国献身,我们一定会好好保护你们的。"[50]

"他们说给我介绍好工作我才来的。"

"这个我们不知道。"[51] 哈哈故意装蒜。

"你怎么能说谎呢?"[52]

在火车上给大家分蒸糕的女孩刚质问了一句,哈哈就一个耳光扇了过去。

有人哭闹着求哈哈放自己回家,哈哈反而倒打一耙,让女孩掏出来"满洲"的路费。不仅如此,还恐吓她们说,在还清账目之前,不可能让她们走。[53] 她很想说,自己在河边抓着螺蛳就被抓来了,但恐惧让她不敢开口。

---

① 现今的首尔。
② 辽宁丹东的旧称,1965 年改名为丹东。

"你们不奉献的话,军人们怎么奋勇作战?"[54]

哈哈板起面孔。

"要是知道是来给军人献身的,我死也不会来。"

女孩连连摇头,表示自己不愿接待军人,但是可以为他们洗衣做饭。哈哈也给了她一个耳光。

她还是不明白陪军人睡觉是什么意思、献身又是什么意思。她心里只有一个声音,就是好想妈妈。她开始一边抽泣一边哀求,希望他们能让她回家。哈哈说她哭得让人心烦,也甩给她一个耳光。

哈哈对去山田工厂理线的女孩说:

"从今天开始,你就是富美子了。"

于是女孩变成了富美子。

哈哈说从今天起你就是冈田了,女孩就成了冈田。[55]

到了晚上,哈哈给每个女孩都安排了一个房间。

*

没有外人在场的时候,女孩们都不用哈哈起的日本名字,而是叫之前在老家时的名字。

她一边回忆她们的名字,一边轻声念着:

己淑姐、寒玉姐、后男姐、海今……金福姐、秀玉姐、粉善……爱顺、冬淑姐、莲顺、凤爱、石顺姐……

在火车上时，坐在她旁边的那个女孩就是己淑姐。

顺德、香淑、明淑姐、珺子、福子姐、叹实、长实姐、英顺、美玉姐……

在火车上说自己要去针头工厂的女孩是寒玉姐；说自己要去一个好地方的女孩是爱顺；去大邱站途中，在落脚的旅店外面要摘桔梗花给自己的女孩是冬淑姐；说去山田工厂理线的女孩叫凤爱……

叫莲顺的女孩说自己是偷偷跑出来的，连她的妈妈都不知道。当时她假装去厕所，身上的衣服都没来得及换。[56] 她说，自己是家里的长女，如果能去工厂干活赚点钱回来，弟弟妹妹没准儿就不会饿死了。

"妈妈又生了个小娃娃，可因为怀孕时总饿着，孩子小得跟只小老鼠似的。听奶奶说，女人生完孩子要是吃不饱，会发疯的……所以我就拿着木瓢挨家挨户讨饭回来给妈妈吃。"[57]

因为听信了别人那句可以做护士的话，一路来到"满洲"的女孩叫秀玉。

她的嘴张着枣核般大小的细缝，舌头轻轻蠕动了一下。舌尖干干的，像硬纸板。名字却怎么也想不起来了。

之所以能记住大多数人的名字，是因为她经常默念着，就像背小九九一样。可有一些名字，即使掰着手指头想，还是想不起来。

有一些女孩出生后父母没有给取名，连个像样的名字都没有[58]就被抓到了"满洲"。那个说着一口地道的釜山方言的女孩就是这样。可到了慰安所，女孩一下子有了两个名字，一个是哈哈给起的，另一个是一个日本军官给起的。

哈哈给她也起了日本名字，所以她一共有四个名字。小时候在老家叫过的乳名、之前爸爸打算写入户籍的名字、面行政事务所的工作人员录入户籍的名字，还有哈哈给起的日本名字。

如果算上军人们给起的名字，她的名字都超过十个了。从她身上来来往往的军人总是随便给她起名。[59]富子，吉子，千惠子，冬子，惠美子，弥荣子……

身体只有一个，名字却有四个，她时常觉得自己的身体里住着四个不同的灵魂。

就是这个只有一米五高的身体，里面有四个灵魂。

在慰安所的那段时间里，她最无法忍受的就是自己只有一个身体。身体只有一个，扑过来的却是二三十个，就像蚜虫堆。

可就连那唯一的身体,其实也不完全属于她。

可是,拖着这不完全属于自己的身体,她走到了现在。⁶⁰

*

到达"满洲"慰安所的第二天,哈哈把女孩们全召集到了院子里。欧多桑①把黑色的鸭舌帽换成了一个灰色的,他带领着女孩们往原野走去。

路上,她看到了日本军队。听到士兵们的口号声,她抬头望了望。铁丝网的那一边,黑压压的一片,全是身穿黄色军装的日本士兵。

走了大概三十分钟,他们来到一处随意搭建的茅屋前。⁶¹ 茅屋前面没有篱笆,一辆军用卡车停在那里,几个日本士兵在茅屋周围晃悠。欧多桑让女孩们排好队,可女孩们都往后退,谁也不想站到最前面,欧多桑一拳砸向金福姐的脸,受惊吓的金福姐用手捂着脸,站到了前面。就这样,女孩们排着队,一个一个走进茅屋。她是倒数第三个。其他女孩进出的时候,屋门会打开,不过还是看不清里面有什么。

第一个进去的爱顺红着脸跑了出来,仿佛看到了什么不该看到的东西。只见她一脸慌张地抓着黑色的长裙,四处环顾,好像在寻

---

① 日语"爸爸"的意思,见后文第41页。〔编注〕

找藏身的地方。最后她跑到军用卡车后面,蹲了下去。这期间进去的是海今,海今进去不久就传出一声尖锐的叫喊声。金福姐第三个进去,出来的时候眉头紧皱着。队伍不断前移,她越来越害怕,想找个地方躲起来,抬眼却发现,自己的影子正被欧多桑的军靴死死踩在脚下。

轮到她了。她推开柴门,走进茅屋,发现一名日本军医和护士在里面等她。护士是一个年龄很大的日本女人,脸宽得像磨盘。

护士用夹杂着日语的朝鲜语告诉她,坐到那个用木头做成的椅子一样的东西上面。坐在那个底部有一个正方形的孔的东西上面,她才明白,为什么前面进来的女孩都一脸凝重地抓着裙子跑了出去。

女孩们在茅屋里接受的是妇科检查。那个木头做的东西就是检查台。

赤ちゃんを連れてきたね.(还都是些孩子呢。)

幽灵一般脸色苍白的军医咕哝了一句,然后把一个铝制的鸭嘴形状的器具塞进了她的阴道。

从茅屋出来后,哈哈给每个女孩都发了一身很像米袋的黄色的衣服。哈哈还教给她们戴军用避孕套的方法。

"求你让我回家吧。"

爱顺哀求着。

"只要你好好听我的话,多多招待军人,我就会送你回去的,这个你不用担心。"[62]

哈哈把跟鲤鱼鳔似的压平的避孕套示范着套到了自己的拇指上。

从那天起,女孩们就要开始接待日军了。那天,她在院子里正抽抽搭搭地哭着,抬头就看到日本军队过来了。从茅屋回来后,因为被哈哈强行剪了头发而一直闷闷不乐的海今听到声音后也吓得站了起来。海今的头发在家里连妈妈都不敢随意剪,可哈哈咔嚓一剪子就给她剪掉了。

兴奋的日本兵们边笑边吵嚷的声音越来越近。哈哈大声喊着让女孩们都回到自己的房间。

早上她去后院的盥洗室,女孩们都在那里哭着洗自己带血的衣服。[63]

她们谁也不敢看谁。她的下身肿得厉害,腿都不敢并拢。那种火辣辣的疼痛就像是被毛毛虫蜇了一般,尿液也不受控制,滴滴答答的。

金福对冬淑说:

"我们去死吧。"[64]

昨天夜里,海今的下嘴唇被一个日本军官咬肿了,乌青乌青的,活像一只喝饱了血趴在上面的蚂蟥。[65]

第一天一共来过多少人,她已经记不清了。[66]

整个晚上,当时不过十三岁的她,被他们像玩抓石子儿般玩弄折磨。[67]

*

一股耻辱感突然涌上心头，不知所措的她突然用拳头捶打自己的胸膛，嘴里咕哝着：

我罪孽深重啊……

不管是半夜醒来，还是走在路上，或是等车的时候，抑或是吃着饭，她不时用拳头击打自己的胸膛，然后喃喃自语。明明是自己什么都不知道就被抓走的，明明在老家从未出过远门，结果被抓去了那种地方。

对第一个蹂躏自己的日本军官，她求他饶了自己。明明自己没有做错任何事情。

"我错了……"

军官掏出小刀，然后高高举起，用小刀挑破了她的衣服。她觉得被挑断的好像是自己的翅膀。[68]

她祈求饶恕的时候，己淑姐在祈求饶命，士兵从刀鞘里拔出小刀，向己淑姐的大腿扎去。[69]

另一个房间里，一名士官正对着海今的阴阜划火柴。[70]

女孩们听到了包括自己的声音在内的无数的惨叫声，像轮唱一样接连不断，分不清开始，也找不到尽头。在"满洲"慰安所里，女孩们住的房间仅仅用三合板隔开，隔壁的呻吟声都听得清清楚楚。[71]

3

*

她住的平层洋房位于十五区。房子占地不过十五六坪①,狭小空荡的院子就像迁坟后留下的坑洞。洗手间前面的自来水池放个脸盆就全占满了。

她在这里已经住了五年。要是只看户籍登记的话,那么,她一天都不曾在这里住过。五年前她搬来时,没有进行更换居住地的登记。因为这个,她总有种偷偷钻进别人家住的感觉,焦虑、不安。

住了五年都没登记过,是有不得已的缘由。户籍登记上显示,现在住在这里的是平泽的外甥夫妇。十五区这一带属于再开发规划区域,平泽的外甥为了将来能优先取得公租房②的预售权,特意租下了十五区的这处房子,还去洞③事务所进行了更换居住地登记。外甥不时会收到居民税通知书、汽车保险,还有医疗保险机构或国税厅寄来的信件,她从未打开,只整整齐齐地收好,等外甥来的时候再转交给他。

---
① 土地面积单位,一坪相当于3.3平方米左右。
② 即韩国的公共租赁住房,是韩国公共部门或私人部门接受国民住宅基金或政府预算所提供的低息贷款并享受相关税收优惠政策的住房,完工以后以低价出租的方式按规定租赁期限向特定人群租赁。(编注)
③ 韩国的行政区划单位,相当于我国的"街道"。(编注)

平泽这个外甥是她大妹妹的儿子。或许是因为没从小看着他长大，她觉得外甥就像没有血缘关系的陌生人。再加上他性格也不算随和，感觉不太好相处。所以当外甥提出让她到这处租来的房子住的时候，她内心感激的同时有些不安，她不想欠别人人情。可外甥极力恳求，最终她还是同意了。这时外甥才说出了购买公租房的计划，并再三嘱咐她，千万不要进行住址更换登记。外甥就那么不愿在户籍本上出现她的名字吗？想到这里她禁不住有些伤心，但没有在脸上流露出来。不用听她也能猜到不明就里的亲戚们会怎样议论，无非是现在的年轻人连父母都懒得管，可外甥看她无依无靠，所以一直对她照顾有加。

　　她大致能猜到外甥为什么非让自己来这里租房住。毕竟自己无儿无女，[72] 日后自然也不会有什么产权纠纷之类的麻烦。

　　没有人知道，她去过哪里，又经历过什么。[73]

　　大家只知道她之前一直在别人家里做保姆，后来耽误了婚事。她不曾给亲妹妹们添过麻烦，可妹妹们却把寡居的她看作累赘和眼中钉，所以，她对她们也不曾开口说起自己的过往。

　　一听到"男人"这两个字，她就不寒而栗，[74] 要是有无声手枪，她真想开枪乱射一通。[75]

　　要是有人劝她找个婆家嫁人，她都想把对方打一顿。[76]

　　外甥一两个月会过来一次。记得他好像说自己在一个小区做保安。外甥都这个年纪了，怎么还为了购买公租房在再开发规划区租房呢？也许是因为年过花甲却至今没有一栋属于自己的房子吧。

看户籍登记上的记录，她是住在水原华城附近的一处多世代住宅①。此住宅的女房东应该已经把房子租给别人了。房东一直对这个九十几岁的租客很介意，有一次她曾偶然听到，女房东站在房子的台阶上，跟其他租客诉苦，说弄不好还要给她送终。

不久前她才知道，租客搬走后，如果不进行地址更换申报，房东是可以申请注销住户的户口的。没有人告诉她这个，是她自己听别人这样说过。她想，自己的户口十有八九已经被注销了，女房东是不可能一直拖着放任不管的。

她没有问外甥如果开始拆迁了怎么办，她觉得自己不该问这个。虽然不久的将来这里就会被拆掉，可每天早晚，她都会精心打扫房间，随时擦拭门框和窗棂上的灰尘。房子本身就很老旧，如果打扫再跟不上，立马就会显出破败来。

*

她朝大门外走去，途中又频频回头打量这座房子。她突然很好奇，曾有婴儿在这里出生过吗？屋里有一家人一起生活过的痕迹，说不定还是一个大家族呢。

每次走出大门，她都有种要永远离开这里的感觉。几天前，大

---

① 即多户住宅，指每栋住宅的建筑总面积小于 660 ㎡，且总层数低于 4 层的住宅。（编注）

门的钥匙转不动了,她心急如焚,那时的心情尤为如此。钥匙转不动明明是因为生锈严重,但她却像从家里被赶出来似的,蜷着身体可怜巴巴地坐在门口。

幽深的巷子里一片清冷。这条巷子里,她住的洋房是唯一有人住的房子。巷子尽头的那座二层洋房虽然看起来不像没人住,但其实也是空着的。

最近两三年,十五区的空房子一下子多了起来。至今还留在十五区的,都是一些像她一样有不得已的原因的人。

巷子尽头连着另一条巷子,那条巷子里也是鸦雀无声,仿佛连所剩无几的人家也都搬走了。

她在巷子里徘徊着,二十几分钟的时间里,没有遇到一个人。她甚至想着,假如有人出现,就把自己所有的东西都给他(她)吧。心脏、肝、肾脏,还有两只眼睛,都给他(她)吧!可是,她始终没看到一个人。

巷子的坡度陡得像滑梯。走了一会儿,她突然停下,低头愣愣地望向自己的脚。

脚上穿的好像不是鞋子,是死喜鹊。

已经看清那不是死喜鹊,她的视线还是无法移开。仿佛一移开,鞋子就会立刻变成死喜鹊。

*

改衣店的女人不在店里。大概也就三坪大的店面兼房间里,摆满了各种家当。螺钿衣橱、螺钿梳妆台、电视机、双人餐桌、缝纫机、晾衣架、三层的抽屉柜、电风扇。饭桌上除了电饭锅还摆满了各种药瓶,晾衣架上晾着许多毛巾和内衣裤,下面凌乱地放着眼镜盒和卷筒卫生纸、点心袋子什么的。女人在这里吃饭、睡觉,接一些缝缝补补的零碎活儿,比如缝拉链、做窗帘绳什么的。

缝纫机下面是一张有很多蕾丝装饰的粉色坐垫,一只白色的小狗蜷缩在上面。狗的体格很小,小到有人会误以为它是刚断奶的小狗崽,但其实它已经十三岁了。

狗定定地望着她,刚想站起来,又重新卧了下去。或许是因为狗的表情跟人很像,她总觉得狗不是畜生,而是跟人差不多。可明明是畜生,为什么会做出类似人类的表情呢?是因为跟人同处一室,同苦同乐,自然而然就这样的吗?

眼前这条脸上表情类似人类的狗让她有些发怵。再加上狗不但掉毛,身上还长了脓疮,样子更加吓人。

到目前为止,狗生下的小狗崽全部加起来的话超过五十只了。每次看到女人把狗拉进怀里,恣意夸耀的时候,她总禁不住轻轻摇头。那么弱小的身体是如何生出五十只小狗崽的呢?

女人通过人工授精让狗怀孕,狗生下小狗崽后,女人就把它们拿到宠物市场卖掉。本就是比较受欢迎的犬种,再加上是纯种,所以卖狗的收入颇为可观。每次等到狗要临产了，女人就将狗麻醉，然后剖开狗的肚子，把里面的小狗崽全部掏出来，为的就是一只都不损失。狗肚子上布满了女人亲手缝合后留下的瘢痕，那么丑陋，像一排地震带。

她本想转身离开，最后还是犹豫着坐在了门槛上。一直盯着她看的狗从坐垫上站了起来，缓缓走到了她旁边。狗在她撑着门槛的手的附近坐了下来，然后开始用舌头舔她的手背。感觉痒痒的，她有些恍惚，便缩起手指。可狗不管，还是拼命地舔着。

这样一只还不如自己的脚大的狗，如此真诚地向身为人类的自己奉献着赤诚，这让她感到无所适从，又心生怜悯。

"别舔了……"

她不明白，狗为什么要这么认真地舔自己的手。她从没有好好地抚摸过它，虽然狗每次见到她都会热情地摇着尾巴迎上来，狗脸上类似人类的表情让她感到别扭。

看到女人进到店里了，她还是继续把手伸向小狗。

"可爱吗？"

女人的语气不是很友好。

"挺讨人喜欢的……"

她有些不好意思地把手缩了回来。

"觉得可爱的话老奶奶您带回去养吧。"

"我？"

"它东西吃得不多，屎尿也少。"

"为什么……要送给别人呢？"

"有人想养的话，就送人好了。"

她知道女人讲话粗俗，口无遮拦，不过倒也不会说什么违心话。

"这狗你从小养到大，感情一定很深，怎么要送人……"

"儿女大了都留不住，跟狗又有什么分不开的？"

她大概明白女人心里在打什么小算盘。女人一定是嫌狗太年老，不能再下小狗崽了，所以才要送人。

女人对待狗的态度让她有些困惑。一次次地通过人工授精的方法让狗怀孕、产崽，多么冷酷无情；可有些时候又把狗当成自己的孩子，宠得要命。几天前她还看到女人专门给狗熬了干明太鱼头汤。她想不出哪一面才是女人的真心。如果说两种都是，像磁铁的阴阳两极般正好相反的两种心意如何能在一个人的内部和平共存呢？她怎么也理解不了。

女人说自己在十五区住了有四十年了，丈夫曾经是消防部门的公务员，可惜不到四十岁就因为肝硬化走了，女人只得独自抚养三个儿子。当时儿子们都在上学，她每天踩缝纫机到半夜，凌晨五点就要起床，然后准备好六份便当。女人说，如果重新回到那段时间，她肯定坚持不下来，可对她而言，那段日子却好像还活生生地存在着。

她把视线移到缝纫机下面寻找着。狗已经跑回去了，重新蜷缩在那张坐垫上。

女人打开冰箱门,倒了两杯牛奶,把大半杯牛奶放到她跟前。
见她只定定地看着,女人便拿起杯子递到她面前。
"我喝了牛奶不消化……"
她不能说因为牛奶很像男人的精液,[77]只好随便找个借口搪塞过去。

他们让她喝精液。[78]
她不喝,日本兵便从腰间抽出小刀,重重地插到了榻榻米上。
女孩们必须服从他们的命令,如果不听话,他们还会用手枪射下面。
他们都忘了,他们用枪对准的地方,是这世界上所有人获得最初的生命的地方。
一天,一个日本军官把子弹打进了明淑姐的下身。因为明淑姐即便挨打也不服从,昏迷过后醒来还是反抗。子弹射穿了明淑姐的子宫。明淑姐没有死,但是下身溃烂得像烂南瓜。[79]
咽下精液的时候,她觉得自己宁愿去吃粪便。[80]

她也不能吃鱿鱼。鱿鱼腿上的吸盘像极了感染梅毒后阴阜上鼓起的圆圆的小水疱。一旦开始生水疱,连眼睛都会奇痒无比。痒到让人恨不得拿针去扎眼珠。[81]

从改衣店出来,走进巷子,她边走边喃喃自语。

为什么偏偏是我呢？

她明白为什么改衣店女人对待狗的态度让她感到混乱，甚至痛苦。因为这让她想起了哈哈。

哈哈给女孩们都起了日本名字，分给她们衣服和食物，还有跟报纸很像的叫"jimikami"的黑色手纸[82]、带点黄褐色的肥皂、牙刷、牙粉，用医用纱布做成的卫生巾、毛巾。哈哈分给女孩们的衣服是一种叫作"kantanfuku"①的绀色日式简裙，看起来很像米袋子。

如果女孩们不听话，哈哈就会告诉丈夫。开着卡车把女孩们从哈尔滨火车站拉到慰安所的司机就是哈哈的丈夫。他以前当过陆军，女孩们都叫他"欧多桑"。金福姐告诉她，"欧多桑"在日语里是"爸爸"的意思。慰安所厨房旁连着的小屋是女孩们一起吃饭的地方，那里的墙上挂着欧多桑身穿戴有两星军装的照片。[83]女孩们围坐在用三合板拼成的饭桌前吃饭时，哈哈一家在别的地方单独吃。女孩们总是能闻到饭桌上没有的食物的味道。桌上明明只有稀粥和日式腌萝卜，但她们却总能闻到秋刀鱼或牛肉汤的味道。

哈哈一家住在慰安所边上那座窝棚般的小屋里，欧多桑一般待在能看到慰安所大门的那个房间里。那间屋子里藏着刀和手枪，他守在那里，监视着女孩们。为了防止女孩们逃跑，他还在铁丝网上拉了电线。

---

① 日语词汇，指女性在夏天穿的款式简单的连衣裙。（编注）

每次想到哈哈的两个女儿，她都觉得心里怪怪的。两个女儿也叫她哈哈。

改衣店的女人还想把狗送给首尔美容院的女店主，不过女店主说自己属虎，不适合养狗，直接一口回绝了。女店主说自己的丈夫成天泡在建筑工地上，除了因为本身就是劳碌命，还有就是夫妻两人八字不合，只有分开才能过得好。生来八字不合的两个人是怎么互相吸引、最终结婚，还生下两个孩子的呢？她不禁愕然。假如真的八字不合，即使互相有好感，不也应该在结为夫妻之前就斩断情根，狠心分手的吗？

她猜不出，左右一个人命运的，到底是命里的八字，还是自己的性格，抑或是神的意志呢？又或者是这所有的一切加起来的结果？

世界上真的有神吗？她不确定，但有时又分明感受到了神的存在。当磨砂玻璃上浮现出黎明的第一道光晕，当一群麻雀从草丛中飞上天空，当切下一块滋味甜美的桃子咬入口中……她细数着那些瞬间，然后惊异地发现，竟然有那么多次都感受到了神的存在，继而讶异。对了，第一次看到桔梗花的时候，她也感受到了神的存在。

有时她很忌惮神。

即使不能确定神的存在，也会担心被神看到。她不敢捡掉在别人院子里的木瓜，也不敢在心里偷偷诅咒别人，因为担心神会听到。

甚至觉得，比起那些信仰神的人，也许自己更畏惧神。

其实，她没有把改衣店女人的狗带回家养还有一个原因。她担心自己先走了，不能照顾狗到最后。

很多人劝她，没有丈夫也没有儿女，不如养只猫或狗吧。做过六年保姆的房东家老奶奶甚至说她有活人功德。活人功德意为"救命之德"，老奶奶说，本来快死的花花草草，到了她的手里就奇迹般地又开花了。老奶奶还说，即使是濒死之人，有活人功德的人去照顾的话也能保住其性命。可她觉得，自己并没有什么活人功德，只是手脚勤快一些罢了。比如，淘完米的水拿去浇花，把花盆搬到光照好的地方，还有每天早晚仔细查看有没有枯叶。

就算能得到已经九十三岁高龄的自己能比狗活得更久的保证，她也会拒绝养狗的，因为她没有勇气面对它的疾病和死亡。

她希望蝴蝶不要再把自己的战利品送过来了，同时，她希望蝴蝶不要再回来了。可是，蝴蝶超过四天不来，她便开始不安。蝴蝶几岁了呢？以前有过主人吗？如果有，后来是被遗弃了吗？

她很怕蝴蝶有一天会送来一只活喜鹊。

她也怕蝴蝶有一天会带来一个死去的女孩。

是不是神也嫌脏？

*

"满洲"慰安所是一座即使想上吊自杀也找不到一棵树的地狱。原野上只能看到孤零零立着的栎树,再不就是一些秕谷,像样的树要到山上才能看到。据说要足足走上四天,能看到一座高山,翻过山,就是苏联的地盘了。

不知从哪里听说扎破自己的手指后吸出血,然后吃下鸦片睡觉就会死。[84] 有的女孩和着自己的血吃了鸦片,然后真的死了。

用这种方法结束自己生命的己淑姐张着嘴,沾满血的牙齿像石榴籽。

在老家密阳时,己淑姐在日本人开的轧棉厂里做过工。她说有一次,见到过有人的头被绞进了用来分离棉籽与棉绒的轧棉机里。[85]

"那个人跟我家沾点亲,当时他女儿也在场,但束手无策,只能急得跳脚……大叔的女儿跟我同岁,却连个像样的名字也没有,大家都叫她'丑孩子'。丑孩子老早就出去挣钱了,她爸爸平白惨死,家里能挣钱的就只有丑孩子自己了……说是去了日本军需工厂……那个场景我至今都历历在目,更何况丑孩子呢?刚开始被绞进去的是头发……好几缕头发……紧接着头就被卷进去了……"

己淑姐死的那天早上,先是注射了欧多桑给的鸦片,之后就来到院子里开始跳舞。慰安所院子里的稻草人仿佛也挥舞着和服袖子在一起舞蹈。哈哈叫稻草人"春贺",春贺的脸比女孩们刚来慰安所的时候还要红。女孩们都在偷偷议论,说哈哈每天晚上都会往春贺脸上抹鲜血。她们当中虽然没有人亲眼看到哈哈这样做，但是春贺的脸确实越来越红了。和春贺不同，女孩们的脸色不是蜡黄蜡黄的，就是青黑青黑的。

己淑姐死后，她总是梦到自己走在慰安所的走廊里，去叫己淑姐出来吃早饭。哈哈一天只给她们吃两顿饭，如果吃不到早饭，就要挨饿一整天，不然就只能吃日本兵偶尔带过来的饼干垫垫肚子。有的军官大半夜才过来，睡醒了才走，所以女孩们经常吃不上早饭。[86] 在梦里，她总是找不到己淑姐的房间，因为所有房门上挂着的名牌上的名字都不见了。

哈哈在每个房间的房门上都挂上了写有女孩们名字的牌子——梅子、清子、富美子、英子、娟惠、麻子……如果女孩得了淋病或梅毒之类的性病，名牌就会被翻过来，这样日本兵就不会到这个房间前面排队了。

筷笼般大小的木质名牌好像灵牌。上面的名字仿佛不是活着的女孩们的名字，而是死去的女孩们的名字。

女孩们做梦都不会想到，她们听信了别人说的给买新胶鞋、吃白米饭管饱的话[87] 而来到的地方，是一座人间炼狱。

在这里，他们用一种被叫作"gudai"[88] 的带铁把的鞭子、烧红的引火柴[89]、铁扦[90]，还有刀子折磨她们，用脚[91] 死命地踢她们。

他们还把烧红的铁棍插进女孩们的阴道。铁棍拔出来的时候，上面沾满了烧焦的皮肉。[92]

*

她走在空无一人的巷子里。走着走着,她停了下来,回头环顾这些空房子。空房子各式各样,不一而足,有的房子窗户紧闭,有的房子大门敞开,有的房子的窗玻璃碎了一地散落在巷子里,还有的房子里留下了很多不要的家具和垃圾。

她在心里想,如果是自己的话,离开之前肯定会把所有的门窗都关好。

偶尔还能看到一些不确定里面住没住人的房子。可能自己住的洋房看起来也是这种感觉吧,她想着。

她真希望十五区的空房子都长了翅膀能飞。在拆迁开始之前,在挖掘机和拆迁队到来之前,她希望能找个地方把它们都藏起来,藏得越远越好。

"满洲"的原野上也有人住。从哈尔滨站下车,之后坐上卡车一路飞驰,远远看到的那些房子又隐约浮现在眼前。它们当中有的像是用木板搭成的,有的门口用胡枝子拉着篱笆,有的看起来黑咕隆咚跟灶口似的。这些房子就像是在天上飞倦了落到地上啄食谷粒或虫子的候鸟。

当茫茫原野上再也看不到一座房屋、一棵树,海今用不安的声音小声咕哝道:

"离丝绸厂还远吗?"

火车颠簸得很厉害,海今的脸跟着一起摇晃,眼珠也不安地转动着。女孩们都还太小,几乎什么都不懂,⁹³ 她们甚至没有怀疑,为什么大家坐的是同一辆货车,可每个人去的工厂却都不一样呢？她心里只有一个念头：管他是线厂还是丝绸厂、好工厂、针头厂,只求工厂快点出现。

有的女孩确实去工厂干过活。美玉姐上六年级时,在校长的劝说下加入了勤劳挺身队①。她先是坐电车去了京城火车站,然后坐火车和其他女孩一起去了釜山。美玉那时还小,还以为是去远处旅游呢。⁹⁴ 她们先是在釜山坐上被称为"kamome"②的渡轮,去了日本的下关,然后在下关坐着卡车去了制作枪弹的军需工厂。操作台很高,美玉只能站在木箱上面干活。工厂的一边堆着很多从朝鲜半岛缴上来的铜碗,熔化后都是用来制作武器的。美玉在军需工厂工作期间,从没领到过一分钱。⁹⁵

听说美玉在日本军需工厂干过活,己淑姐问道：

"那你肯定知道丑孩子吧？"

"丑孩子？"

"听说丑孩子也去了军需工厂呢。"

"没听说有人叫丑孩子啊。"

"那就奇怪了……"

---

① 日本在第二次世界大战期间在朝鲜半岛召集了数十万的民间女性劳动力,派往日本或朝鲜半岛本地的军需工厂,或强征为慰安妇。

② 日语词汇,海鸥。(编注)

看到己淑姐直摇头，美玉姐又问：

"丑孩子老家是哪儿的呀？"

"密阳。"

"从晋州和马山来的姑娘挺多，但没有从密阳过来的啊。"

"我去的那个工厂全罗道来的最多。"

春姬姐插话道。春姬去的是一个制衣厂，每天早八点到晚七点，洗衣、打扫、做衣服。那个工厂里还有很多三十多岁的女人，都是把孩子扔在家里，自己出来赚钱的。

"米饭只给那么一丁点儿，饭粒都数得清，靠三块豆糕要一直撑到晚上，没办法我们就偷着把米饭包在布里，绑进腰间，然后偷偷吃，肯定吃进去不少虱子。来这儿之前，我往老家发了封电报，让家里给寄点盐和豆子……"

就这样在那里干了几个月。一天，他们喊了十五六个女孩，用卡车把她们拉去了一个地方。下了车，大家来到一处大屋子里，随后进来了一些日本兵，日本兵每人挑了一个女孩，然后就带去了小房间。后来，有时是星期二，有时是星期三，他们定下日期就会专门来挑一些年幼的女孩带走。

不用去军队的日子，就是女孩们的解放日。[96]

"一个宪兵看我脸蛋圆乎乎的还像个孩子，就问我多大了，我说十三岁，他听到后笑了。"

春姬姐来到"满洲"慰安所的那一年才十五岁，圆乎乎的脸蛋已经褪去了婴儿肥,变得像花铲一样尖尖的。春姬从来到慰安所的那天起就绞尽脑汁地想着怎样才能逃出去,她总是想办法和哈哈周旋,经常装病,能少接待一个是一个。别的女孩都在唱《君之代》、背皇国臣民誓词的时候,春姬只是像金鱼似的把嘴一张一合做做样子。

吃早饭之前,女孩们聚集在院子里。她们望着太阳旗呆呆地站着,唱完日本的国歌《君之代》,又开始大声背诵皇国臣民誓词。

正值夏日,从清早开始,茅厕的臭味便呛人口鼻。女孩们仿佛做了一晚上的噩梦,一个个魂不守舍,趔趔趄趄地走到院子里,看着太阳旗,然后站定。海今低垂着头在打瞌睡,阳光直直地照在她的脖颈儿上,仿佛一块蜡插在那里。茅厕里孵出的牛蝇在女孩们中间飞来飞去。整个夏天,茅厕里满是蛆虫、蚊子和牛蝇。春姬姐一边用手挠着营养不足导致的满脸癣斑,一边自言自语地小声骂着什么。寒玉姐扯了一下自己的腋窝。女孩们的腋窝里都生出了虱子。

她走到莲顺旁边站定:

"怎么回事啊?"

凌晨时分她听到了莲顺的尖叫,房门被砸开的声音、有人在走廊里跑的声音,还有欧多桑和士兵争吵的声音,闹腾了好一阵子。

"君が代は千代に八千代に さざれ石の巌となりて こけのむすまで…(我皇御统传千代,一直传到八千代,直到小石变巨岩,直到巨岩长青苔……)"

女孩们开始唱《君之代》,她和莲顺也跟着唱。突然,莲顺一下子瘫坐在了地上，黄色的脓液顺着她的小腿流了下来。一只牛蝇飞进了莲顺张开的黑洞洞的嘴里。

在女孩们赞美日王，献出自己作为皇国臣民的所有忠诚之时，虱子在不停地吸食着女孩们的鲜血。

不知为什么，今天，"满洲"慰安所的影子格外清晰。那里的建筑物是先用砖块砌墙，然后四周再用三合板围起来的。中间的走廊像一根长长的竹笋，两侧依次排满了许多小房间。走廊的木地板不够结实，时不时地发出"咯吱咯吱"的声音。走廊尽头的厨房是泥地，里面搭了一个中式的灶台。三合板搭成的搁板上，女孩们用来吃饭的圆圆的洋铁碗摞成了一座塔。厨房里老鼠横行，哈哈在硬纸板上涂上一层被叫作"黏糨糊"的类似万能胶的东西，用来诱捕老鼠。哈哈不喜欢女孩们出入厨房，女孩们只有接水的时候才能进去。去厨房接水时，每次看到脚和尾巴被紧紧粘在捕鼠板上丝毫动弹不得的老鼠时，她都觉得那是自己。有一次，她还看到过一只母老鼠两眼喷火似的望着捕鼠板哀鸣不已，原来是两只小老鼠被粘住了。

慰安所的前院是泥地，上面稀稀落落地长着一些很像粗疙瘩的野草。后院有溪流经过，是人工挖好的溪道让水流进来的。水比较深的地方支着军绿色的篷布，作为盥洗室，里面拉有五六根海肠般的胶皮管，管子上挂着汤勺样子的淋浴喷头。[97]

用三合板围成的方形茅厕一共有三个，哈哈在茅厕门上挂上了黄色的锁头，把钥匙放在女孩们那儿保管，目的是不让士兵们使用。如果士兵们也都来上厕所，一则茅厕的容量有限，再就是气味会很重。一般只有那些晚上过来的军官例外，他们可以要到茅厕的钥匙。[98]

每个房间的窗户都高得出奇，再加上屋里一直拉着长长的黑色粗布窗帘，所以即使是大白天，房间里也像洞穴一般黑漆漆的。

大部分房间只有一坪半左右，有一些还不到一坪半，有的一坪半多点。后来，女孩们的人数不断增多，哈哈就把稍微大一些的房间用毯子从中间隔开，分成了两个房间。

走在巷子里，每每看到那些高高的窗户，她的眼前就浮现出"满洲"慰安所房间里的窗户。无论个子再怎么长高，女孩们的头也仅能碰到窗台边。

*

是那个女孩。

她想起第一次在巷子里看到她的情景。当时女孩迎面向她走来，看到女孩，她吓得打了个激灵，恍惚间还以为是粉善活着回来了。那个女孩，头发剪得短短的，滴溜溜的眼珠像小汤圆一样圆，像极了粉善。

粉善摘棉花时被人抓走了。粉善嘴里天天喊着疼死了，疼死了。[99]

粉善的下身化脓得厉害，路都不能走。哈哈拿一把小刀挑破了脓包，然后用手狠命地把脓液挤出来，最后敷上一块沾有白色粉末的棉絮。

那次，一个日本军官朝着粉善就扑了过去，说要跟她玩玩。粉善不懂玩玩是什么意思，只呆呆地站着。军官一把拽过粉善，把她扛过肩头又狠狠地摔到了地上。

女孩背着一个书包，蹲在一面仿佛被乱刀砍过的、满是裂纹的墙下。她有三四个月不曾见过那个女孩了，还以为她家搬走了。

女孩竟然还住在十五区，她觉得简直是奇迹。十五区的孩子已经很少了。她刚搬来的时候，偶尔巷子里还能听到孩子们的声音，但现在，有孩子的人家都搬走了。十五区太阴森可怖，孩子住在这样的地方不好。所以，每次她在巷子里遇到女孩，都觉得她不仅是十五区，也是全天下唯一的女孩子。

跟往常一样，女孩今天也是一个人。她从没看到她跟其他小伙伴在一起过。

女孩身上的黄色连衣裙有些小，胸部勒得很紧，下面露着大腿。连衣裙的下摆卷了起来，一直到骨盆的位置，隐约能看到里面的内裤。女孩没有妈妈吗？还是妈妈太忙了，顾不上照顾女儿？她心想，要是自己是她的妈妈，绝对不会让女儿独自一人在十五区的巷子里乱逛的。女孩看起来正是应该趴在妈妈怀里撒娇的年纪，但隐约间已经很有些大姑娘的感觉了。

她很想帮女孩把裙摆放下来，于是向女孩身边走去。虽然她尽量让自己看起来不具威胁,可女孩的眼里已经写满了戒备,很快,戒备变成了敌意。

她无法继续靠近,于是小心地观察着她的表情。这时,一个东西进入了她的视线,女孩一直垂着的手里拿着一个什么东西。是什么呢?她看了一会儿,张嘴说道:

"是个面具啊,是在学校里做的吧……"

不是成品面具,是用纸熬成纸浆后自制的那种面具。她好奇地歪头打量那个有眼睛、有鼻子,但是没有嘴的面具。

女孩站了起来,突然把面具递到她跟前。

"你戴上吧。"

女孩的音量很高,以至于听起来有些突兀,她不禁一怔。

"你戴上吧。"

女孩又催了一遍。难道面具是特意给我做的?她心想。

其实也不是多难满足的要求,可她却不大情愿。面具没有嘴不说,还被涂成了紫色,让她心里很是发怵。

不过是一个用纸浆做成的面具,她却莫名觉得戴上后就摘不下来了。虽然不知道自己还有多少时日,但说不好余生都要戴着这个面具生活了。自己死后,脸也会腐烂,可面具却不会烂掉,就那么一直埋在土里。

"你戴上嘛!"

女孩干脆一副命令的口吻。

她有些无奈地接过了面具。女孩脸上闪过一丝狡黠,接着便开始诡异地扭曲，瞬间变得仿佛历经人世沧桑一般的苍老和疲惫。

她努力让自己不去看女孩的脸，低头去看手里的面具。面具上先涂了一遍颜料，又上了一遍清漆，看起来油光水滑，上面的表情显得神秘而诡异，而身为人类的她是无论如何都模仿不出这种表情的。

她环顾了一下巷子四周，想看看有没有人在观察她和女孩，确认没人后才把面具戴到自己的脸上。为了将眼睛对准面具的眼孔，她不得不左右移动调整，但她很快就意识到了不对劲。原来面具上为眼睛留出的孔洞和自己的眼睛对不上，一边对上了，另一边就会错开。

就在她费力让两只眼睛同时对准面具的眼孔时，耳边响起了女孩尖细的笑声，笑声好像越来越远了，最后戛然而止。她这才将面具从脸上取下来，然后连忙环顾四下，女孩早已不见了身影。

"孩子，你的面具还在这儿呢……"

巷子里只有她惊恐的声音在回荡着。

面具也是礼物吗？神让女孩送给自己的礼物？让猫送给自己死喜鹊，让女孩送给自己纸面具。

比起死喜鹊，面具让她更心悸。死喜鹊是没法还回去了，但她很想把面具还回去。

她想把面具还给女孩，可她不知道女孩的家在哪里。有一次，她好奇女孩住在哪儿，于是偷偷跟踪她，可女孩就像在跟她玩捉迷藏，引着她在巷子里走了半天，然后水蒸气般蒸发不见了。

她几岁了？十岁？十一岁？十二岁？还是十三岁？每次她走出自己住的洋房大门时总会想：要是在巷子里再看到那个女孩，一定要问问她多大了。可她每次都会忘记。

再大也不会超过十三岁。她不能相信，当时的自己也才仅仅十三岁。

在"满洲"慰安所，一次，一个喝醉酒的军官抽出小刀，扎她的下身。原因是她才十三岁，这名军官的阴茎怎么也弄不进去。[100]

剩下的最后一个会不会是爱顺？皮肤黝黑、长着单眼皮的爱顺把用来兑水的高锰酸钾吞了下去，幸好金福姐及时给她催吐，才让她捡回了一条命，不过嗓子是烧坏了。[101]嗓子烧坏了，声带也跟着一起烧坏了，爱顺现在说起话来就像鹦鹉一样。

水里只要兑一点儿高锰酸钾就会立刻出现浅浅的红色，兑得多了水就会变成黑色。人吃了高锰酸钾是会死的，可女孩们都用它来清洗下身。[102]

*

她一路寻找着女孩，最后来到一个小卖部前面。男店主正在给妻子梳头，女人把头发交给从后面抱住并支撑起自己的丈夫，两只眼睛闭着。门外的她看得清清楚楚，男人握着橘黄色斧头形状梳子的手在微微颤抖。男人为妻子梳头的手由于中风而颤个不停,她看在眼里却觉得很温馨。男人的神态看起来极为专注,仿佛现在对他来说,梳头才是他的头等大事。

女人下半身不能动,天天把头朝着小卖部旁边房间的门槛躺着。店里来顾客了也躺着迎接,找零钱也躺着找。改衣店女人说不喜欢看她那个样子,所以连块口香糖也没从她店里买过。她明知道小卖部的女人连坐起来都难。

也许,这是他们结为夫妻以来最温情的时刻吧。这一刻像是一个祝福,为了尽力延长这个时刻,所以他们才那样缓缓地梳头吧。

据说,男人以前曾是炙手可热的市政府公务员,后来由于沉迷赌博而倾家荡产。为了还赌债,男人去了一个小岛搞网箱养殖,结果不幸中风。改衣店女人说,小卖部的女人半身不遂也是丈夫的原因。丈夫中风,女人就成了家里的顶梁柱,她干过各种买卖,最后终于把债还清了,自己却在结冰的路面上滑倒,伤了脊椎。都做了三次手术,可女人还是站不起来,男人为了维持生计才开了这家小卖部。

梳子从男人手里滑到了地上,男人弯腰去捡。而她像一截木桩似的,一直定定地站在那里看着。

*

她走进了一条不太常去的巷子里。十五区的巷子各式各样,胡乱交错在一起。有的巷子出奇地长,有的则一眼见底;有的巷子分成了两个甚至三个岔口,有的则是死巷子;有的弯弯曲曲,有的坡度极陡。

偏偏在巷子里,她和那个老头不期而遇。老头不是一个人,和平时一样,他的儿子跟在身边。老头长着粗短如树节的下巴和一头鬈发,让人很容易记住。他不管走到哪里都带着儿子。老头的儿子已经五十多岁了,但由于脑畸形,智力只相当于一个五六岁的孩子。都说有其父必有其子,但老头和儿子的长相却截然相反。老头不但身形矮小还腰弯背驼,仿佛在俯视众生;儿子却身形魁梧,如同摔跤运动员,而且浓眉大眼,相貌粗犷。

好多次她都看到老头在耐心地哄劝一动不动站在巷子里的儿子,她从没看到过老头吓唬儿子或冲儿子发火。

听首尔美容院的女店主说,儿子就是老头的命。十几年前,福利院的工作人员来跟老头商量,让他把儿子送去残疾人中心,结果发狂的老头怒目圆睁,还抡起了菜刀。从那以后,谁也不敢随便跟老头提他儿子的事了。

她本就担心碰到老头父子,十五区的巷子里,最常遇到的就是他们了。虽然他们从没跟她打过招呼,对她也没什么威胁,但每次见到他们,她的心都会怦怦直跳。

不知是老头父子身上散发出的尿臊气,还是巷子里的味道,熏得人鼻子一阵阵发麻。

老头在十五区一带的空房子里捡电线,再把电线里的铜芯弄出来卖给废品收购站。

老头住的房子和她住的洋房中间隔着两条巷子。老头住的房子院墙快塌了，从外面能清楚地看到院子里的情形。院子里到处都是老头捡回来的电线团和铜芯捆。

她不知道老头在那些空房子里怎么搜集电线，是像从死去的动物身体里抽出血管那样吗？

她的眼睛到底还是看到了老头手里暗红色的洋葱网兜，网兜里装着一只小猫。

除了在空房子里找电线，老头还有别的活干，那就是抓小猫。在十五区一带，老头只要看到小猫就会抓走，然后拿到市场上卖掉。卖掉的都是流浪猫交配后生下的小猫崽，所以也没人找老头的麻烦。听首尔美容院的女店主说，猫崽再怎么便宜，一只至少也能卖五千韩元。

大概四个月前，她像今天一样漫无目的地在巷子里转悠时，目睹过老头儿抓猫的全过程。她看到老头的手像鸟爪子般一缩，迅速抓住了小猫的后脖颈儿；她看到恐惧的猫崽伸出尖尖的爪子在空中胡乱挣扎，然后被强行塞入了暗红色的洋葱网兜；她还看到洋葱网兜由于猫的重量被抻得很长，最后被挂在了空房子的门柱上。洋葱网兜用来装猫真是再合适不过了。

老头做这一切的时候，儿子就像受罚的小学生一样，安安静静地站在旁边看着。她总觉得这一幕幕的情景一定深深刻在了他的脑海里。

老头把装了小猫崽的网兜吊在电线杆上,然后摇摇晃晃地走出了巷子。

不知是闹累了,还是已经早早放弃了,网兜里的小猫崽安静下来,就像死了一样。小猫崽早早便接受了自己的命运,这让她感到欣慰的同时,有些遗憾。可能还没怎么吃过奶,小猫崽瘦骨嶙峋,肋骨似乎要刺破皮毛冒出来。

假如到处是空房子和流浪猫的十五区不是再开发规划区域,而是偏远山村,老头抓的就不会是小猫崽,而是野兔、野鸡或野猪吧?
老头拿着在市场上卖猫崽换来的五千韩元买了什么呢?大米?鸡蛋?盐?方便面?牛奶?土豆?面粉?
五千韩元可以在小卖部买到一盒鸡蛋。一个多月以前,她看到老头走在路上,手里提着在小卖部买的一盒鸡蛋。
或者,他会用这五千韩元交电费、水费或燃气费?

意识到她的存在的小猫崽发出细长的呻吟声。
她神情紧张地环顾了一下巷子四周,巷子里只有她和它。
洋葱网兜挂在她踮起脚就可以触及的地方,但是她根本不敢从电线杆上把它取下来,把里面的小猫崽放出来。
她不断安慰自己,不是自己缺乏善心,而是自己已经太老,老到无法再施舍善心了。但没有办法,小猫崽还是让她无比内疚。虽然她丝毫未曾加害于它，却总觉得自己犯下了大罪。

　　从被塞进洋葱网兜的那一瞬间，小猫崽就已经是老头的东西了。就像那些锄地时[103]、采棉花时[104]、顶着水罐去村里的井边打水时[105]、在小河边洗衣服时[106]、去上学时[107]、在家照顾生病的爸爸时[108]被强行抓走的女孩成了那些被唤作"哈哈""欧桑""欧巴桑""欧多桑"的日本人的东西一样。

　　原始时代的人们也用这样的方法来占领土地吗？还有板栗树、柿子树、泉眼和狗啊、羊啊、猪啊这类家畜，都是用这样的方法来占有吗？

　　在"满洲"慰安所，女孩们无异于鸡、羊这类家畜。如果不听话或试图逃跑被抓住，欧多桑就会用那根黄色的皮带勒住她们的脖子，在地上拖着走。[109]

4

*

　　她站在那里，久久凝视着洋房大门，心情好比是离家一百年后，重回家门。就像还是孩子的时候离开家门,[110] 老到不能再老了才回来。

她有些害怕推开大门走进院子，很想在门口转身再回巷子里，可她无处可去。[111]

*

她把女孩给的纸面具放在地板的一边，然后往水池走去。拧开水龙头，天蓝色的管子咔咔地响了一声，吐出水流来。她望着流入下水道之前在池底掀起漩涡的水流，陷入一种好像自己会被吸进去的错觉。

她呆呆地望着水中影影绰绰的脸，突然把脸盆中的水倒掉了。和水一起流走的，还有倒映在水中的自己的脸。盆里的水让她想起了洗下身的水。

哈哈让女孩们用兑了高锰酸钾的水洗下身，但她总是只用清水洗。兑了高锰酸钾的水黑乎乎的，清洗下身的时候，总觉得那是羊或猪之类的动物的血。

接待完一个人就洗一次，接待了十个人就洗十次，接待了二十个人就洗二十次。洗啊洗啊，一直洗到仿佛那不是自己身上的肉，而是别人身上的。三九寒天用的也是冷水，寒气从下身渗入。

平壤券番[①]出身的香淑长着一张瓜子脸，很漂亮，那些挂星的军官都喜欢找她。香淑痛经很严重，每次来月经就不能招待军人，于是哈哈带着香淑去了中国村庄的一家妇产科医院，让香淑在那里冰敷。冰敷得太久，香淑哭着说下面沉得要命，接着便大出血，那血乌黑乌黑的。[112]

"这都是死血啊。"

金福姐说。

女孩们都说，因为冰敷敷得太久，香淑的子宫已经缩得只有鸡胗那么大了。[113]

他们只当女孩们是牲畜，甚至随意把她们的子宫切除掉。女孩中一旦有人怀孕，他们就会这样干，这样她们以后就不会再怀孕了。一同掏出来的还有胎儿。

即使有了身孕，女孩们受到的仍然是非人的待遇。[114]

被抓到"满洲"慰安所的时候，她才十三岁，还没来过月经。而那些已经来了月经的女孩因为担心怀孕，日日夜夜战战兢兢。女孩们当中如果有人出现妊娠反应或者肚子大了，欧多桑就会开着货车把她们带到某处。大半天后，女孩回来了，苍白的脸上满是惊恐，就像被抽走了全身的血液一般。

---

① 朝鲜半岛日据时期培育妓生（一般指在酒席等场所提供歌舞表演的艺伎）的学校。

女孩们并不知道，子宫也可以从身体里剜出来。

只要怀孕了，她们就会被强行堕胎，甚至切除子宫，以绝后患。但时不时还会有女孩生下孩子。且不说有些军人不愿戴避孕套，有时候避孕套还会破。

春姬姐好几个月没来例假了，她很确定，自己怀孕了。她用老铸铁熨斗烫自己的肚子。铸铁熨斗像个铸模，中间是空的，留着放煤炭用。寒玉姐用筷子夹起烧得红红的煤炭，放进熨斗的空心里。煤炭放得越多，熨斗就变得越热。

"哎哟，烫死了！这样真的能把胎打下来吗？"

春姬姐的脸皱成一团。

"别动！"

寒玉姐又夹了一块煤炭放到熨斗里。

寒玉姐还说，吃了奈何草的根就能把胎打下来。在她的老家，坟地里经常能看到奈何草，可是在"满洲"，睁大眼睛到处找也看不到。[115]

来了第一次月经以后，她最怕的就是避孕套破了。不仅担心染上病，也担心怀孕。她察觉避孕套破了，总是吓得立马爬起来，然后哀求不耐烦的军人重新再戴一个。[116]

她像遭到电击一样突然起身的时候，受惊的跳蚤们也像芝麻粒一般四散跳开。

哈哈分给女孩们一些豆粒大小的暗红色药丸，还告诉她们，吃了这个药不得病。她偷偷把药扔进了茅厕，结果被哈哈狠揍了一顿。她明明可以说自己吃了的，可偏要如实地说自己扔掉了。她不会撒谎。[117]

那种药丸有很强的刺激性，光是闻一下味道鼻子就像要烂掉一样。女孩们没人知道，那是水银。[118]

来例假的时候，女孩们也要接待军人。把一团卷得圆圆的、像鹌鹑蛋般大小的棉花团深深地塞入阴道，下面就不会流血了。接待军人时，棉花团越滑越深。[119] 每次两腿分开坐着，把棉花团推进自己阴道的时候，她都觉得自己好像一只鸭子。

偶尔，女孩们当中有生下死胎的。由于她们一直用兑水的高锰酸钾溶液清洗阴部，还被注射过 606 针剂①，所以胎儿很难存活。[120]

秀玉姐吃着饭，突然在房间里打起滚来。金福姐摸了摸秀玉的肚子，说：

"好像怀孕了呢。"

秀玉姐吓得面如死灰。

几天后，欧多桑开着货车把秀玉姐拉到了中国村庄。其他女孩因为要接待日军，没看到秀玉是什么时候回来的。到了早上，大家

---

① 治疗梅毒的特效药，对人体有极大的副作用。（编注）

才来到秀玉的房间看她。秀玉冻得牙齿咯吱咯吱地响，浑身都在发抖，身上盖的毯子散发着血和尿液的腥臭味。海今拿来自己的毯子，盖到了秀玉身上。莲顺也拿来毯子盖了上去。她上前握住秀玉姐露在毯子外面的手，冰块一样冰凉的手瘦得只剩皮包骨。

"说是已经七个多月了。"

秀玉姐呼出的气息中有浓郁的蒸茄子的味道。

"说是个男孩。弄出来一看，从脸开始，一半身子都已经烂掉了……"[121]

金福姐用湿毛巾擦了擦秀玉的脸和脖子。

"七个月大的话，应该都有手指头了吧？"

秀玉看着金福姐。

"我小弟是个早产儿，我妈在他七个月大的时候就把他生下来了。眼睛、鼻子、嘴都长好了呢。妈妈让我数数他有几根手指，我数了，说有十根，结果妈妈又让我数脚趾，我说一共是十个，她这才把小弟抱进了怀里。她肯定是担心孩子才七个月，手指和脚趾会不会没长好。结果呢，不但眼睛、鼻子、嘴都有了，还长了很多头发呢。"

海今小声喃喃着，寒玉姐赶紧用手指头戳了她一下。

流掉死胎之后，秀玉姐的瞳孔变得不在眼珠中间，越来越往上移去，一直向上移，仿佛有一天会消失在眼眶中。

淡红色的606针剂滚烫滚烫的，注射后胳膊疼得几乎要掉下来。[122] 打了这个针后，三四天都会晕得天旋地转，恶心无比，强烈的刺激性气味一直蹿到鼻腔，月经也变成了隔一个月来一次。没有人告诉女孩们，注射这种用砷制成的针剂可能造成不孕。负责往女孩们的胳膊上注射针剂的护士也没有告诉她们。哈哈甚至骗女孩们说，打了这个针，血液会变干净。[123]

除了打606针剂，还有一件事也让她无比厌恶，那就是洗避孕套。哈哈不让浪费避孕套，给得不多，女孩们只能把用过的避孕套洗净后再用。日军发泄完性欲就把用过的避孕套扔进洋铁桶，装满避孕套的洋铁桶里散发出的腥味令人作呕。[124] 女孩们吃过早饭就提着铁桶去盥洗室洗避孕套，避孕套上沾满了精液，需要里外都翻洗干净，然后在三合板上晾干，最后撒上白色的消毒药。每次洗避孕套，女孩们都感到无比厌恶：昨天夜里有那么多人践踏过自己的身体啊。想到接下来还要接待很多人，心里更是深恶痛绝。[125]

洗完避孕套如果还有时间，女孩们会到前院晒晒太阳。上午九点开始就会有军人过来，所以晒太阳的时间也不多。上午九点到下午五点接待普通士兵，下午五点开始接待士官，晚上十点到十二点接待军官。[126] 军官们凌晨两三点也可能过来。[127]

那天，女孩们清洗完避孕套，照例都去了院子里。整个冬天，粉善为了不被冻死，只好不时地去别的女孩房间里蹭点暖。此时的她正把双脚伸在阳光里晒着。她得了寒症，没法接待军人，于是哈哈连汤婆子①和煤球也不给她了。粉善经常到她的房间里用汤婆子暖脚。128

"满洲"的冬天奇冷无比，刚尿出来的尿转眼就能结成冰。早上醒来，窗户里侧和天花板上全结满了冰，甚至连吐口气都会在半空中冻住。如此寒冷的冬天，女孩们用来过冬的只有一两张薄毛毯，外加一个汤婆子和若干煤球。哈哈分给她们的煤球不多，只够勉强保证不被冻死而已。

"我妈还想让我嫁人来着。"

己淑姐说。当年己淑姐为了躲避那些戴着红色袖章的宪兵的追捕，还藏进过粮囤，有一次甚至还藏到了火葬场，可惜还是被宪兵抓住，送到了"满洲"。129

来到慰安所她才知道，不少父母听说女孩子只要嫁人了就不会被抓走，于是拼命想办法让自己的女儿快点嫁人，也不管是带着孩子的光棍，还是年纪大的老头，或是缺一条腿的小伙子。有的女孩虽然已经嫁人了，但还是在自己丈夫的面前被生生抓走。130 即使女孩们像妇人那样把头发盘起来，再围上头巾，眼尖的日本兵和宪兵还是能一眼认出来，然后把她们抓走。

"爸爸还给我谎报了婚姻申报呢，让我跟一个比自己大十六岁的姓崔的男人……我一次都没见到过那个人。爸爸和那个姓崔的

---

① 取暖用具，有铜、锡、瓷等多种材质。（编注）

人说好了,等我真的要嫁人时,就取消跟他的婚姻申报。我把头发也盘了起来,装作真的结婚了一样,结果村里的班长老婆知道了我假婚姻申报的事,天天来问我想不想去工厂干活挣钱。她说是一个针头工厂,干三年就能赚很大一笔钱。班长是个日本人来着。"

整夜不曾合眼的寒玉姐眼睛半闭着。

"有年轻小伙才好结婚啊……年轻人都被征走了。我有个小伙伴长得白,葫芦花一样,可漂亮了,最后找了个皱皱巴巴的老头,白瞎啦。"[131]

冬淑姐无声地笑了。

"话说回来,其实我们还不如嫁给老头呢。"[132]

爱顺蔫巴的嗓音听起来没有音调起伏,像一根被轻松抽离的丝线。女孩们被送到挺身队、慰安所,少年们则被征到了煤矿、炼铁厂、矿山、军需工厂、飞机场、铁道施工现场。来自忠南论山的冬淑姐说,自己的哥哥去了日本挣钱。

"当时报纸上登了日本炼铁厂募集工人的广告,一共要一百人,说是提供住处,工资也跟日本工人一样,学两年技术以后,还给发证书。我哥很想学一门技术来着。"

阳光渐渐暖和起来,女孩们却一个个无声地起身散去。等了一个冬天才等来的春日阳光让人不忍离开,女孩们抬头再望一眼天空,便各自回了房间。

很快,身穿黄色军装的日军士兵一窝蜂地拥进来,慰安所的院子里已经是黑压压的一片。很多人在院子里已经开始解脚腕上的绑腿，等待着自己的顺序。

女孩们平时一天要接待十五人左右，但星期天要接待五十人以上。[133]

普通士兵大都嫌脱裤子麻烦，一般拉下拉链、解开裈①便开始动作。[134] 每当这时，士兵腰间小刀的刀鞘总是一下一下地扎着她的肚子。[135]

女孩们的下身肿得厉害，实在无法让那个插进来时，他们便在避孕套上抹上软膏，帮助润滑。[136]

每接待完一个，下面都像被刀子生剐。接待完十个，下面好像已经一点缝隙都不剩了。

下身常常肿得翻出来，连插根针的缝隙都没有。[137]

女孩们都是通过哪天接待的人最多，来判断什么时候是星期天。那里没有日历，女孩们不知道日期，也不知道星期几。[138] 所有的日子，都是在混沌中度过的。日子就这样一天天流逝着，女孩们一转眼都老了。

日本兵越来越多，春姬姐骂了一句：
"这些该死的家伙怎么没完没了。"[139]
为了让自己被军人讨厌，春姬姐故意不洗脸也不梳头。

---

① 二战前日本男性穿的传统底裤。

外面的士兵已经多得像一堆密密麻麻的蚂蚁。[140]

女孩们真希望每天都打仗,因为打仗的时候军人们就不会来了。她们希望每天都打仗,希望去打仗的军人都回不来了。从战场上回来的军人似乎尚未从狂热中平静下来,狂躁而粗鲁。他们一个个灰头土脸,由于不能洗澡,身上散发出难闻的臭味。战斗结束的日子,那天的慰安所一定会闹得不可开交。

有的房间里军人和女孩扭打在一起;有的房间里女孩想逃跑,被抓回来后在挨打;有的房间里喝醉酒的军人在耍酒疯;有的房间里女孩在悲伤地哭泣;还有的房间里军人不想戴避孕套,女孩在据理力争……

总有一些军人不喜欢戴避孕套,就算跟他们说自己染了病,恳求他们一定戴上,他们也不听,嘴里说什么在生死未卜的战场上这点病算什么,然后就不管不顾地扑上去。每次遇到这样的人,她总担心自己会染上淋病或梅毒,内心忐忑不安。

还有的人打仗之前会哭。曾有一个士兵身材很矮小,身上的军装就像是偷穿自己爸爸的衣服一样肥大。可能是觉得她像自己的姐姐,士兵抓着她的手哭了。虽然看到日本军装就会不寒而栗,可她还是安慰了他。她说,别哭了,希望你能活着回来……虽然内心希望去打仗的日本兵全都有去无回,可看到因为胆怯而像孩子一样哭泣的军人,她还是感到怜悯。不知道他后来是活着,还是死了。在那次以后,她没有再见到他。

不打仗的时候，军人们还能温和一些。

有时，女孩们甚至希望日本赢。她们知道，假如日本输了，自己只有死路一条。[141]

"日本赢了，我们才有可能回到故乡。"

哈哈经常把"假如日本在战争中取得胜利，就会改变你们的命运"之类的话挂在嘴边。

"假如日本胜利了，我会给你们一笔钱，足够你们买三四斗落①的水田，然后让你们回老家。"

即使买不了三四斗落水田，能买三四匹做衣服的土布回老家也好啊，三四斗做酱的豆子也行。[142]

也曾说过我们会死在这里吧[143]，也曾感慨在这种地方待过，回了老家又能干什么，还不如死了干净呢[144]。但假如真的能回去，该怎么说呢？想到这里顿时感到很茫然。该说自己去了线厂吗？还是说去了丝绸厂？还是只简单地说去了个不错的工厂？

哈哈有时还会抽调出五六个女孩，派她们去偏远山区的军营慰安。部队会派一辆军用卡车，来把女孩们接走。

军营里用帐篷搭起临时的慰安所，再用三合板隔出一间一间的小房间，然后把女孩们安排进去，让她们在里面接待军人。女孩们青蛙一般缩着腿，一整天都保持这种难堪的姿势接待军人。到了晚

---

① 韩国耕地面积单位，可种一斗种子的土地。

上,她们的腿几乎都伸不直了。军官们不来帐篷里,而是直接把女孩们叫到自己住的板房。吃饭时军营里用饭盒[145]分给她们食物,一般是两三勺扁扁的大麦做的大麦饭,加上三四片日式腌萝卜。偶尔会给一点儿稀溜溜的菠菜汤,还有一种叫作"kandume"①的日本鱼罐头。[146]女孩们在部队里待一个星期左右,还要重新回到慰安所。[147]

一次,在去军营的路上,她们路过一个村庄。所见之处到处都是尸体,一些女人和孩子一边在尸体堆里扒拉找寻,一边哭喊。拉着女孩们的军用卡车碾轧着横卧在路上的尸体的胳膊、腿和头,颠簸而过。当卡车轮胎轧着一个胖胖的男人的肚子,骨碌骨碌地从上面开过去的时候,男人腹中的脏器被轧碎的声音也清晰地刻印进女孩们的心里。

一个男人背靠土墙无力地瘫坐在那里,不知是死是活。她正看得出神,旁边的粉善"啪"地拍了一下她的肩膀并示意她看——一条跟黄色的牛犊颜色差不多的狗嘴里竟然叼着一具少年的尸体!

"那狗为什么要拖走尸体呢?"

粉善摇了摇头。

"想吃掉他吧……狗也饿啊。"

春姬姐噘着嘴说。

刚睡醒的凤爱轻轻笑了一下。倒塌的房屋上方,飘着毛毯般大小的太阳旗。被烧毁的房屋前面,一个女人光着脚,呆呆地站在那

---

① 日语词汇,罐头。(编注)

里。女人抬起头,用空洞的眼神看着卡车上的女孩们。

卡车离开那个村子,又开了很久,出现了一条江。那条江大概是她老家小河的两倍宽。江岸上是一堆一堆切掉了树根和树枝的木头,几个持枪的士兵在看守着渡口。

尸体染红了江水,顺着水流向下游漂去。女孩们坐的船经过时,很多具尸体纷纷漂到了船的两侧。[148]

*

圆形的碟子里放着一块小孩拳头般大小的土豆,土豆散发着丝丝热气。她凝视着眼前的土豆,似乎在看世上仅存的一点儿食物。

一瞬间,定格在土豆上的视线失去了焦点,恍惚起来。

她拿起土豆,把手伸了出去。

吃吧……

回过神来才发现,自己面前一个人都没有。但手还是往外伸着。

总觉得莲顺坐在自己跟前呢。

莲顺吃不饱饭,干瘦干瘦的。偶尔有军人拿来一点儿饼干、焦糖或罐头,她也总是不吃,而是放在柜子里留着。她要留给每天吃不上饭,只能靠吃野蔷薇或荚蒿叶子续命的妹妹们。布谷鸟叫的时节荚蒿就会开花,莲顺生吃过荚蒿的嫩叶,很苦。莲顺把自己不舍得吃攒下的那些东西交给了一个经常找自己的少尉，让他帮忙寄回自己的老家。少尉的女儿和莲顺一样大。可是后来少尉去参加一次战斗，再也没有回来。[149] 过了不久，莲顺也被派到别处去了，她抱着自己的土布包袱，爬上货车车厢，干瘦的小脸尖尖的。

出来给莲顺送行的女孩们小声议论着。

"刚来这儿的时候那么好看，现在瘦得不成样子了啊。"

"听说好像把肚子割开，把孩子掏出来了呢。"[150]

常来的军人一般都很面熟，只要一段时间没来，女孩们就知道，他们应该是殒命战场了。

她掰下一小块土豆，送进嘴里。

饥饿是什么，女孩们很清楚。

从在母亲的子宫里开始，她们就熟悉了饥饿。

在长出嘴巴之前。

"满洲"慰安所也是饥饿之地。哈哈给女孩们的早饭是粥，洋铁碗里的粥总是稀得能映出人脸来。[151] 再有的就是军队内味道怪怪的、颜色发白的泡菜。稀粥里没有肉，有的只是米虫和蛆。粥差不多快喝完了，碗底倒映出人脸来。但不管怎么舀着吃，碗底的脸始终存在，肚子也始终不会饱。

饭团在夏天的时候总是馊的，冬天的时候则冻得硬邦邦。染上淋病或梅毒不能接待军人的女孩，连这种食物也分不到。分不到饭团的女孩，只能把军人们给的饼干泡到水里吃。饼干吸收了水，体积变成了原来的三四倍大，看起来像是煮熟的猪肉片。

晚饭一般是面片汤。盐水和面，然后用手把面揪成小块，最后煮汤。喝完一碗面片汤，嘴里全是用来糊东西的那种糨糊的味道。[152] 由于大部分时间都要接待军人，女孩们一有空就得赶紧吃饭，所以很多人连面片汤都只能喝三四勺就没法喝了。她经常下面条吃，但是从来不做面片汤，就是因为它总让她想起那时的面片汤。

摊上勤劳奉仕[153]的时候，至少还能喝上一顿大酱汤，虽然是那种大酱若有若无、味道寡淡的酱汤。每隔半个月，欧多桑便会带女孩们去参加勤劳奉仕。参加勤劳奉仕的日子，只有晚上才接待军人。女孩们坐着货车走上二三十分钟，便到达一处孤零零的、类似倒闭的工厂仓库一样破败的板房建筑。进去以后，女孩们坐到一种木板一样的东西上面，然后两个人一组面对着面，开始给日军做针线活。磨破的军装帽子或裤子需要打上补丁，有洞的袜子也需要重新缝好。她心想，要是手里的衣服是爸爸的衣服该有多好啊！是哥哥的衣服也好，手里缝着的袜子要是妈妈的布袜该多好……她不明白，为什么自己要给日本军人缝衣服。他们怎么不让自己的妈妈或姐姐缝，而是让我们缝呢？虽然心里觉得委屈，但她没有乱缝。"满洲"的冬天天寒地冻，用来腌泡菜的白菜都是冻成冰的。

一次她还听说，一些被抓到新加坡的女孩吃过用血水煮的米饭。当时太平洋战争正酣，女孩们坐在那种很像耕耘机的摩托车上，四处躲避炮击，其间还得接待日军。一天晚上，六个女孩在饭盒里放了几把米，然后在四周摸索着弄来一些水倒了进去。为了不让别人发现火光，她们小心翼翼地煮着米饭，不想遭遇炮击。惊慌失措的女孩们抱着饭盒四处躲避，一直到天亮。这时她们想起来要吃饭，结果打开一看，摸黑做的米饭像拌进了猪血一般，血红血红的。原来，有一个女孩被炮火击中身亡，她身体里流出的血流了一大摊，女孩们以为那是水，就用手掬起来倒进了饭盒，用来煮米饭。这可怎么办呢？女孩们商量了半天，觉得如果不吃掉的话，说不定所有人都会饿死，于是眼一闭，吃掉了用血水煮的米饭。为了不被饿死，女孩们咽下了用死人的血煮熟的米饭，可是最终六个人当中也只有一个人活了下来。[154]

*

她坐在电视机前面，低头看着那个面具，头微微侧着。面具很像自己，她不禁心生疑窦，女孩在瓢状的模型上糊上纸浆，做眼睛、鼻子、嘴的时候，脑海里浮现的是自己的模样吗？

她想哭，却哭不出来。她像饿鬼一样把嘴张大，又放开嗓子，可还是一滴眼泪都没有。姐妹们去世的时候，哥哥去世的时候，她都没流一滴眼泪，亲戚们对此颇有微词。他们说她狠心，一辈子不结婚独居惯了，连哭都不会了。说她是铁石心肠，就算撕开她的眼皮，也榨不出一滴眼泪。还有人说，一辈子本应哭很多次，她可能小时候哭得太多，眼泪都流完了。[155]

大哥去世的时候，她没有流一滴泪。自己怎么这么薄情呢？真是连牲畜都不如啊！她在心里自责着。牲畜都会哭，可生而为人的自己竟然不会哭。

既然连牲畜都不如，那还活着干什么呢？她悲愤地想。

如果见到珺子，自己会哭吗？如果见到金福姐，见到叹实，见到顺德呢……

顺德的老家在庆南陕川。顺德以为是去仁川做保姆，结果去的是慰安所。

"我从十二岁开始就离开家，去了一个日本军官家里做保姆。没办法啊，家里没饭吃。在人家家里要打扫卫生、洗衣服、为主人跑腿办事、去市场买菜……军官叫武。在他家干了三年，一天，他问我想不想去仁川做保姆，说在仁川一个月可以挣八块钱。我说行，他就给了我二十四块钱，说这是头三个月的工资。我拿出二十块钱给了妈妈，自己留了四块钱。我用这四块钱买了件连衣裙，还买了双白色的胶鞋，那个高兴啊……走的时候，夫人一直把我送到了车站，还给我买了沙果。早知是这样，那四块钱也该给妈妈，我不该自己留着，应该都给妈妈的啊。"[156]

哈哈打开的收音机里传出布谷鸟的叫声。

"这该死的布谷鸟怎么一个劲儿地叫啊？"[157]

顺德抱着她哭了。她也一样，听到收音机里布谷鸟的叫声，她想起了妈妈，想起了家乡，无比想念。布谷，布谷，听着这个声音，眼泪不知不觉就流了下来。

个子很高、脸庞宽宽的冬淑姐眼泪也扑簌扑簌地往下掉。

"兄弟姐妹都没看一眼就死了可怎么办，怎么办？"[158]

寒玉姐也伸着腿坐在走廊的地板上，伤心地说道。她还有个妹妹，她怕自己临死前见不到妹妹。她跟妹妹说过，自己去针头工厂挣了钱就买两头小牛犊送给她。她担心自己见不到妹妹就这么死了。

十几年前，有一次，她梦到顺德来了。当时她正在厨房里淘米，顺德突然出现了。她已经变成了一个老妇人，可顺德还是原来少女时代的模样，身上穿的也是 kantanfuku 样式的黑色连衣裙。她跟着顺德进了屋，顺德默默地在窗边坐下。

她想不起顺德的名字，就问：

"你叫什么名字来着？"

"是啊，我叫什么来着……身为一个人，活得还不如猫狗，名字都记不清了……"[159]

顺德说。

"我有时候也记不起来爸爸和妈妈的名字。"

"我连今年自己几岁都忘了。"

"我也一样，记不清自己多少岁了，只记得十三岁的时候被抓走了，这个记得很清楚。"

"你怎么一点儿都没变老呢？"

她羡慕地说，可顺德听了好像很尴尬，起身想离开。她抓住顺德，说："吃了饭再走吧。"

"你最想吃什么？"

"想用青辣椒蘸大酱吃。"

顺德回答。

"不想吃肉吗？"

"我不能吃肉啊。我看到过那么多被烧焦的尸体。"

等她搬着小饭桌进屋的时候，顺德已经不见了。

醒来后，她伤心地哭泣了很久。她想，顺德应该是不在人世了。

有一次，她在电视节目上看到有人解放后不记得回家的路，所以一直没能回去。那人说自己曾在"满洲"黑龙江省的慰安所待过，还说自己勉强只记得自己的名字。

那个人现在还活着吗？活着的话多大岁数了呢？她觉得那个人很像曾经跟自己一同坐过火车的那些女孩，比如问过自己"你去什么工厂"的海今。

5

*

　　谁把鞋子偷走了？她哭丧着脸。目光在院子里巡视了一圈，最后落在了垃圾桶上。她忘了，是自己临睡前把鞋子藏到垃圾桶后面的。

　　她拿起鞋子，整齐地放到地面上。总是感觉鞋子很陌生，像是别人的。她不往脚上穿，只愣愣地看着。

　　这不会是那个人的鞋子吧？本来还有两个人，其中一个人撒手人寰，只孤零零地剩下了那个人的鞋子。总觉得那个人昨晚来过自己家，然后把鞋子脱在了这里。

　　那个人会不会是叹实？也许是喝了高锰酸钾嗓子被烧坏的爱顺？还是走到哪里都带着叹实的长实姐？叹实因为染上梅毒眼睛瞎掉了，长实姐接待军人的时候，只能把妹妹叹实放到稍微远一点的地方，就像把整天都戴着的假肢卸下放到一边。

　　这些年，她从没见到过在慰安所一起待过的任何人。别说是她们的近况，就连她们的生死她也无从得知。

　　日本战败后，女孩们散落到了各个地方。一部分跟日本人一起走了，一部分留在了中国，还有一部分在穿过国界的时候死了。死亡对于她们来说太稀松平常了。

其实她很想知道，都有谁活着回来了。想珺子想得发疯，她还直接跑去了珺子的老家。可尽管如此，她还是担心会偶遇到她们中的谁。她怕自己曾是慰安妇的事为世人知晓，战战兢兢，如履薄冰。每次走在路上，只要觉察到有人对她稍加注意，她就吓得马上躲回巷子里。

*

她从别的慰安所过来的女孩那里听说，别处也有类似于"满洲"慰安所的地方。之前她一直以为，不会再有慰安所这种地方。

在慰安所待了三年左右，里面的女孩从二十五人增加到了三十二人，虽然中途有很多离开的，人数却有增无减。离开慰安所的女孩没有一个是自己走出去的，都是得了病被清理出去的。假如得了梅毒之类比较严重的病，哈哈会让患者使用单独的茅厕，等病情好转了，再让女孩继续接待。前两次都是这样处理的，如果第三次复发的话，就把女孩从房间里拖出来，用卡车拉着带到别处去。有时会有士兵直接过来把女孩带走。以这种方式离开的女孩没有一个再回来的，不知她们是回到老家了，还是又去了别的慰安所。对此，哈哈一直讳莫如深。[160]

跟吃了自己的血和鸦片后死去的己淑姐一样，很多女孩都命丧慰安所。

只要有人离开或死去，就必然会有新人进来。有的女孩跟她一样，刚来的时候根本不知道慰安所是什么地方。还有一些女孩是从别的慰安所过来的。

只要慰安所有新人加入，日军之间立刻就会传开，纷纷嚷着"新しいのきた！（又来新的了！）"。

如果新来的女孩跟自己老家是一个地方，女孩们就会抓住她问个不停。

"大邱现在怎么样了？釜山现在怎么样了？"[161]

叹实和长实姐妹就是从别的慰安所过来的。石顺姐死后不久，欧多桑就把叹实和长实姐妹带过来了。欧多桑对哈哈说，这两个人只花了一个人的价钱。春姬姐听到后告诉了大家。

哈哈觉得新来的女孩可能还什么都不懂，就对其他女孩说："她不懂那事儿，教教她。"

于是女孩们只好把新人带到一边，然后教她怎么戴军用避孕套。就像哈哈曾经给她们示范过的一样，女孩们一边把避孕套套在拇指上，一边给新来的女孩解释。

"如果他们不戴这个，你就会得病，一定要让他们戴上。"[162]

金福姐不放心地叮嘱了好几遍。

新来的女孩当中，有一个才十二岁。女孩身上穿的墨色裙子散发出故乡田地里野菜的气息。有荠菜的气息、野蒜的气息、艾蒿的气息……

"怎么把这么小的孩子给抓来了？"

注射完606针剂，浑身瘫软的金福姐问道。

"去泉眼打水的时候被抓过来的。我刚绑好水罐，准备顶在头上，有人拍了一下我的肩膀。我回头一看，一个军人正虎视眈眈地看着我。他的肩上挂着星，身上还带着小刀……"

女孩的声音有些含混不清，仿佛在说梦话。

"你叫什么名字？"

凤爱用手挠着脸，问了一句。她那长着麻点的脸蜡黄、浮肿，像豆渣一样。

"我叫英顺。还有，这里是什么地方呀？"[163]

神情一直很恍惚的女孩仿佛这才回过神来，眼睛瞪得圆圆的。

"屄屋。"

吸久了大烟的后男姐脸色阴沉、发青。

女孩们都管慰安所叫"屄屋"。哈哈和欧托桑也这样叫，日本兵也这样叫。他们都叫女孩们"朝鲜屄"。这是她所知道的骂人的话中最肮脏、最令人嫌恶的话。

"那是什么地方呢？"

"军人来了就得陪他们睡觉的地方。"

莲顺吧嗒吧嗒地抽着从日本兵那里得到的烟。可能有老鼠被粘住了,厨房里传来"吱吱"的叫声。

"陪军人睡觉?他们要是'砰'一声开枪把人打死了怎么办,还陪他们睡觉?"[164]

听到英顺这样说,冬淑姐笑了一下。

"你还小,他们不会打死你的。"

听到海今这样说,英顺这才看起来放心一些。可是不一会儿,她又哭了起来,嘴里一直说想回家。

"哭也没用。"

叹实没有看英顺,而是把目光投向了天棚。老鼠在那里成群结队地乱窜。

"来到这里就出不去了。"[165]

长实姐的嘴唇好像被染上了茄子汁,青紫青紫的。就在前一天,长实姐被一名日本军人打断了三颗门牙。那个士官把手指伸进她的阴道乱抠,长实姐实在气不过,便骂道:"回家找你妈这么干吧!"恼怒的士官把长实姐狠狠地打了一顿。离开慰安所的时候,长实姐的嘴里几乎一颗牙也不剩了。[166]

哈哈给英顺起了一个意为小花的日本名字——高哈娜,然后让英顺住那间空屋子。女孩们没有告诉英顺,就在不久前,己淑姐在那个房间里和着自己的血吃了鸦片后死了。英顺在己淑姐接待过军人的榻榻米上接待军人,穿己淑姐穿过的简裙,用之前剩下的手纸,用己淑姐洗好晾干的避孕套。

第二天早上,英顺到其他女孩的房间里哭个不停。

一天，冬淑姐突然吐血了，吐出来的血像蛇莓一样，鲜红鲜红的，脸色也死灰一般，走路也很吃力。女孩们都猜冬淑姐是患了结核病。

"都是被日本兵糟蹋的。"

海今正在洗避孕套的手开始发抖。

"我们也会得病吧？"

粉善正在洗第十五个避孕套。

"下面肯定要废掉了。"

春姬姐拿起一个要洗的避孕套，把它撕破了。

冬淑姐一直咳得很厉害，但哈哈还是让她接待军人。一次，冬淑姐在接待着军人时，突然吐起血来，哈哈这才把冬淑房门上的名牌翻了过来。担心冬淑把结核病传染给其他女孩，哈哈禁止其他女孩去冬淑的房间探视她。冬淑的房间不时传出撕心裂肺的咳嗽声，而且总是弥漫着阴森的气息和血腥味。女孩们经常背着哈哈去冬淑的房间看她。

开始下霜以后，冬淑姐的身体状况急转直下。

金福姐去盥洗室的中途找了一趟哈哈。当时，金福姐刚从冬淑房间出来，手上端着铜盆，里面泡着一条沾满血的毛巾。

"不能让冬淑回家吗？"

"还不清账，哪都不能去。"

尽管冬淑一直吐血，已经逐渐临近死亡的边缘，可她欠下的账仍然像桑蚕结茧一样，越来越多。

"她欠下的钱，由我来还不行吗？"

"你知道你自己欠下了多少钱吗？先把你自己的账还清了再说那些吧！"

哈哈冷冷地转过身，走了。死亡并不会让哈哈变得宽容。

凌晨时分，一名军官骑着马过来了。见她躺下后便开始流眼泪，军官说：

"私があなたに慈悲を施すだろう。（我对你开点恩吧。）"

他掏出一张发霉的日本纸钞递给她。见她还是继续流泪，军官又说：

"慈悲を断るなんて！（你竟然不接受我对你的仁慈！）"

大怒的军官把她拉起来，两边扇她耳光。

"朝鮮人に慈悲を施すより犬に施したほうがいい！（可怜一个朝鲜人还不如可怜一条狗！）"

军官剥光了她身上所有的衣服，然后让她给自己按摩。[167]她像只生病的小猫，趴在军官的背上，给他按摩肩膀。

军官睡着了，她出来上茅厕。走在走廊里，她浑身忍不住筛糠般地颤抖着。路过冬淑姐房间的时候，她往里看了一眼，金福姐正守在床前照顾冬淑。透过结满厚厚冰层的窗户，明亮的月光洒了进来。整个慰安所都很寂静，仿佛只剩下金福姐、冬淑姐，还有她三个人。冬淑房间对门是春姬的房间，里面连呼吸声都听不到。午夜时分，那个房间曾传出春姬姐的号哭声，那声音听起来像是要被拖往屠宰厂的动物一样凄惨。

她抬起一只脚,把冰冷的脚背挨在另一条腿的小腿肚上摩挲着,然后看了一眼冬淑姐枕边的炉子。一堆烧得发白的煤炭中间,只剩下一块煤球在努力地散发着光热。就像有人把濒死的兔子的心脏取出来,然后偷偷扔进了一堆快要烧完的煤炭里似的。她很想把自己的煤球也放进冬淑姐的炉子里,可她的煤球已经全烧完了。冬淑姐的房间随着炉火热度的变化忽明忽暗。

"睡了吗?"

"刚才好不容易才睡过去……漂亮吧?"

冬淑姐嘴里呼出的气息像一朵盛开的纸花。

"……?"

"我说冬淑的脸。"

她的目光越过金福姐的肩膀,来到冬淑姐的脸上,冬淑姐的脸看起来是那么空洞。金福姐伸出手来,摸了摸冬淑姐的脸。冬淑姐的房间里弥漫着浓重的血腥味,让人几乎无法呼吸。

"姐姐还不睡吗?"

"这就睡了……"

金福姐说着,用手指梳了一下冬淑姐的头发,就像在梳天亮后就要出嫁的女儿的头发。

好不容易睡着的冬淑姐没有再醒过来。

"姐姐,姐姐……"

爱顺用鹦鹉般的嗓音不停地叫着,可冬淑姐再也不会睁眼了。

叹实好奇外面发生了什么事，正把头从屋里伸出来环视走廊。叹实总是一脸懵懂，此刻却像见到了好朋友一般，脸上露出欣喜的表情。叹实的瞎眼经常能看到别人看不到的东西，她说自己在来"满洲"慰安所之前，曾经看到过死去的石顺姐赤裸着身体站在铁丝网的另一边。英顺的下身肿得完全翻了出来，已经四天没能大小便了，她在走廊里边走边呜呜哭着。长实姐染上了梅毒，房门上的名牌是翻着的。

春姬挠着头从屋里走了出来，由于不洗澡，她身上看起来像传染病人一样脏乱。

莲顺和海今坐在那里，互相张着腿，给对方抓阴毛里的阴虱。

"我们要活着回到老家。"莲顺说。

"要一直记着。"海今说。

阴虱是一种寄生在阴毛里的虫子，是从军人们身上爬过来的。被这种小东西咬过的地方会很痒，而且又红又肿。女孩们有时间就会张开腿，互相用镊子帮对方抓阴部的阴虱。[168]

莲顺和海今结拜成了姐妹，还在左手腕上方的位置刺了一模一样的刺青作为见证。刺青看起来好像用针和染成蓝色的线绣成的花。[169]

"冬淑姐死了！"

爱顺边哭边从冬淑姐的房间里走了出来。

金福姐从冬淑的衣服里挑了一身最完整的，给冬淑穿上。冬淑姐整齐的长睫毛像钟表的指针一样微微颤动着，让她老有一种冬淑姐还没死的错觉。

没有鲜花，女孩们就用嘴里呼出的气做成大大小小的花朵，装点冬淑。秀玉姐张开嘴时，突出的前牙便会露出来，同时呼出来的有三四朵辣椒花一样的花。莲顺和海今的气息混到一起，"开"成一朵牡丹花。

金福姐在冬淑姐脸的上方努力"开"出一朵佛头花一样的大花。

欧多桑把冬淑的尸体烧掉了。如果慰安所里有女孩死了，欧多桑就会把尸体用麻袋卷起来，扔到野地里，再不就用火把尸体烧毁。

女孩们接待军人的时候，听到了冬淑尸体被烧的声音，也闻到了尸体被烧的味道。

肚子烧爆的声音、骨头烧焦的声音在天地间回旋，最后传进女孩们的耳朵里。[170]

尸体燃烧的味道和鱼虾腐烂的味道差不多。[171]

那一天，来慰安所的军人格外多，女孩们连吃晚饭的时间都没有。刚刚打完一仗的军人们身上散发出牛粪的味道，火山口般的眼睛里弥漫着红色的杀气，就像狩猎中的猎狗，还处于极度亢奋的状态。只有一只脚的穿着军靴的军人一进入她的身体就像恶鬼一样张开大嘴，对着她的脸呕吐了起来；天生鬈发的少尉一边进入她的身体，一边发出绿头苍蝇原地打转时的嗡嗡声；还有一个军人爬到她身上便开始用嘴撕咬她的耳朵，她把他想象成了一条疯狗。军人们的表情扭曲着,屋里的电灯忽明忽暗。

直到天快亮时,她才有空去冬淑姐火化的地方看一看。金福姐和粉善已经在那里了。金福姐往灰堆里走了几步,每走一步,发着白光的灰烬就会轻轻扬起。在晨光的映照下,金福姐的腿那么苍白,几乎能看清里面的血管。只见她弯下腰,轻轻拾起了什么。是一个发白的圆形东西,原来是冬淑姐的头骨。头骨在晨光的照射下,散发出奇异的白色光芒。金福姐用手拂去头骨上的灰,用一块白布把它包了起来,最后放到了自己怀里,嘴里喃喃道:

"好温暖……像心脏一样。"

金福姐把冬淑的头骨带回自己的房间,放进了衣柜里。一年后,离开慰安所时,金福姐打理包袱的时候最先把那颗头骨包好。她说,假如能活着回去,一定帮冬淑把头骨埋到她的故乡。[172]

她把军官给她的那张发霉的日本纸钞和军用手票一起交给了哈哈。对于女孩们来说,日本钱跟废纸没什么两样,她们根本没机会用。

凤爱的房间里传出金福姐规劝她的声音。

"我说你,到底怎么回事啊?我们干吗要死在这里?"

"这个身体已经没用了……"

凤爱迷上了抽大烟。

"不管怎么说,我们都要想办法回去的,不是吗?"

"姐姐,我即使回到老家,也不知该怎么面对妈妈……"

"你清醒清醒,我们为什么要在异国他乡像狗一样死去呢?"

凤爱不再抽大烟了,但是开始抽烟酗酒。

有时女孩们去中国村子,也会看到慰安所。哈哈派一些女孩去军营里慰安之前,常带她们去中国村子的澡堂洗澡。女孩们洗澡的时候,哈哈便把澡堂里打杂的中国女孩叫过来,让她给自己搓澡。

福子姐指着位于中国村子大街上的一座三层砖瓦建筑给大家看。福子姐是冬淑姐死后新来的。不过,"あたらしい(新来的)"福子的年龄看起来跟哈哈差不多大。福子姐既没有问这里是什么地方,第二天早上也没有去别的女孩的房间哭诉。

"那里边也有朝鲜来的姑娘。"

砖瓦楼的每一层每隔一段距离就有一个长长的窗户,这些窗户一律安着铁窗棂。[173] 外面的大门是一个铁制的折叠门,大门旁边挂着一块木板。她看不懂汉字,不知道那一列竖着写的字是什么意思。突然,折叠门打开了,一个年龄看起来挺大的女孩跑了出来。虽然她穿着和服,但她看出来了,这是从朝鲜来的姑娘。不管身上穿的是和服还是旗袍,她都能认出自己的同胞。女孩穿过街道直接跑进了一家类似商店的地方,好像买了什么东西,然后又跑回了折叠门。女孩刚跑进门,铁门就发出声响,仿佛永远都不会再打开似的。

"那里本来是中国人开的旅馆,被日本人抢走了。"

福子姐还听说,曾是旅馆主人的中国男人在旅馆的楼梯上上吊死了。

"日本人还把怀孕的中国女人的肚子划开，把里面的婴儿挑出来。"凤爱说。

"有一次，我在哈尔滨火车站后面看到六个日本兵在强奸中国妇女。他们看到过路的中国女人就像一群疯狗似的扑了上去，惊恐的中国女人拼命地逃跑，可她们缠着脚，没跑几步就被抓住了。附近的人只一脸冷漠地站在那里看着。"

福子姐说。

每星期都有一次例行的性病检查，在查体的那个茅屋里，她们有时会遇到别的慰安所过来的女孩。

一次，她们到了那里，发现茅屋前面排着长长的队伍，都是一些从来没见过的女孩。一位身穿军装、当官模样的男人正在责骂一个脸色像枸橘一样蜡黄的女孩。

"朝鲜女人真是没用！"[174]

女孩摇摇晃晃，站立不稳，男人便用棍子打女孩的头。女孩像陀螺一样在原地转了一圈，然后双腿一软，倒在了地上。别的女孩见状想去扶她，男人吼了一句：

"让她去死好了！"[175]

还有三个女孩的手被一根粗绳子绑在了一起，就像用麻绳捆起来的干黄花鱼。[176] 看样子是为了防止她们逃跑。

她听到欧多桑和那个男人在谈话。她能听懂简单的日语。哈哈

一直让女孩们说日语,还让懂日语的己淑和顺德教别的女孩说日语。她学到的第一句日语是"いらっしゃいませ(欢迎光临)"。哈哈告诉女孩们,日军来了,就要这样招呼他们。[177]

"你那边的丫头们听话吗?"
欧多桑问那个文官模样的男人。
"从开城带了三个丫头过来,干什么都抱团儿,不太听使唤。"
"花了多少钱带过来的?"
"一个两百的,一个一百的,还有一个一百五的。"[178]

在"满洲"慰安所待了大概三年。一天,哈哈把女孩们召集到了一起。
"你们当中,有人想去新加坡吗?"
"新加坡?"
"有想去的告诉我,我送你们去。"
女孩们一边观察哈哈的表情,一边小声议论着。
"新加坡在哪儿啊?"
"好像在南边。"
"南边的话应该不冷吧。"
秀玉姐什么都没说,但哈哈指定她去新加坡。[179] 第二天早上,哈哈给决定去新加坡的女孩每人发了一个粗布包袱。

哈哈让金福姐也去了新加坡。金福比她大四岁，她一直把金福当成自己的亲姐姐。心地善良的金福姐老家在庆州安康，当时家里实在没有东西吃了，妈妈说挖点树根回来也行，于是金福姐和妹妹一起出去挖野菜，不承想被日本兵抓走了，中途和妹妹也失散了。金福姐说她很像自己那生死不明的妹妹，所以一直对她照顾有加。

金福姐离开的时候，她很难过，甚至在心里想，还不如让自己失去一条胳膊呢。临走时，金福姐再三嘱咐她：

"哈哈让你干什么你就干什么。"[180]

不知为什么，她听到这句话后心里很不舒服，于是便装作没有听到。

在"满洲"慰安所，除了淋病和梅毒，还有一样东西让女孩们深受折磨。海今牙痛，痛得就差在走廊里满地打滚了。牙痛稍微缓和了一些，海今蹲在地上用手指写起什么来，重重地按下去，指甲也被插进泥里。她连数字都不认识，而海今勉强会写自己的名字。[181]

虽然她不识字，但她知道，海今是在地上写字。

"这是什么字？"

她问。

"地。"

海今抬头看了看天空，好像大地在天空上方。

每当日落时分，女孩们像是快疯掉了。因为她们都太想回家了。可是,她们还得收衣服,还得熬牛食,还得捣大麦,还得烧火……

她去了趟厨房旁边连着的小屋,见英顺在那里边喝面片汤边哭。英顺说,自己是去泉眼打水的时候被抓来的,被抓来之前,哪怕帮家里再打一罐水也好啊。英顺家里只有她能出来打水,五岁的时候,妈妈生病死了,英顺从小是跟着奶奶长大的。英顺现在刚满十三岁。她说,从九岁开始,就是自己帮奶奶打水。

"也不知妈妈得的是什么病,一直拖着就是不见好,最后死了。还记得妈妈曾在头顶顶着包袱,然后背着我,一直走了好几里路呢。我们去卖梳子、簪子,还有布料……妈妈去世后,是奶奶把我带大的。每次邻居家摆酒席,奶奶就跑过去给人帮忙,这样人家会分给她一点儿糕或者饼什么的,她是为了带回来给我吃。"

听了英顺的故事,莲顺想起家中可能正拿着木瓢挨家挨户乞讨的弟弟妹妹,不由得也哭了起来。

每次看到没有一丝云彩的明净的天空,她就想念绿色的大麦地想得发疯。

虽然女孩们没有一天不想着逃跑,但没有人能真的逃掉,倒是有逃跑不成反而被抓回来的。

去茅屋进行妇科检查回来的路上,有个女孩试图逃跑。

女孩最后不是被欧多桑抓住,而是被宪兵队抓住了。女孩身上的简裙已经被撕得一缕一缕的,浑身都是血。欧多桑把她拖了回来，然后用力往地上一摔。

"把这个臭丫头的脚砍掉，看她还跑不跑了！"

哈哈对欧多桑说。

欧多桑拔出小刀，好像在下定决心告诉女孩们，逃跑的话会有怎样的下场。女孩们谁也不忍心看，就像互相打赌比谁看得远一样，都把目光的焦点投向了远处、再远处。

欧多桑把刀砍向了企图逃跑的女孩的脚。[182]

*

她还是觉得那是别人的鞋子，不敢去穿。两只脚踩住的地板边缘仿佛悬崖一样令人眩晕，脚趾不自觉地用起力来。脚上的袜子已经很旧了，脚腕处变得松松的，一直落到了踝骨下面。她用手去提右脚上的袜子，然后忍不住轻抚脚腕。

踝骨上方有一条线，看起来像是缠了一根橡皮筋。那是被刀之类的尖锐之物割过后留下的瘢痕。

在慰安所被砍脚的女孩就是自己。想到这里，一直用手轻抚着脚上瘢痕的她张开嘴，发出声声碎瓷片般的叹息。

欧多桑手中的刀砍进脚腕的时候，巨大的恐怖和痛苦让她昏死了过去。后来别的女孩告诉她，她流了很多很多血，她们都以为她死了。

是二十万人吗？可能有的才十二岁，有的甚至才十一岁……

又不是鸡狗，怎么会抓走二十万人呢？她想。在电视新闻里听到，日据时代像自己一样曾被强征为慰安妇的少女有二十万人的时候，她不敢相信自己的耳朵。她回忆着在"满洲"慰安所里一起待过的那些女孩，一个一个地数着。那七年间，在慰安所待过的女孩有五十几个。女孩们当中，还有人是被卖进去的。

寒玉姐说想离开慰安所，哈哈对她说：

"那你先把账还清。"

"我还欠你们多少钱呢？"

"两千块。"[183]

女孩们不明白自己什么时候欠下了这么多钱。她们不知道，哈哈让她们穿的简裙、漂满黑芝麻似的米虫的稀粥、冻得像铁蛋子一样的大麦饭团、黑乎乎的手纸、卫生巾、汤婆子、煤球，还有欧多桑给的大烟，其实都算在账目之列。

她很想知道自己欠了多少钱，但是没敢问。

哈哈给女孩们算账的方式比计算猪、牛这类牲畜的价格还简单。不需要考虑行情，也不需要秤和算盘，哈哈说你欠下了多少钱，就是多少钱。[184]

她不知道自己待过的那个地方叫"慰安所"，只知道那里是接待日军的地方。在中国村庄看到的三层砖房，她也只知道那是接待日军的地方，慰安所和慰安妇的叫法是后来年纪大了才知道的。在那之前，她一直以为自己待过的是类似于妓院[185]的地方。没有人告诉她，那里是慰安所，而她是慰安妇受害者。

哈哈还把军人叫作"客人"。

军人来了，哈哈会说，快去接待客人。

在去"满洲"慰安所之前，女孩们谁也不知道，世上竟然会有这种地方。[186]

军人们来慰安所的时候要带一样东西，那是一种大概有纸牌的四分之一大小、黄色的、硬硬的纸[187]。那就是军票。

军人们用钱从哈哈那里买军票，女孩们再把军人留下的军票攒起来，最后一起交给哈哈。军人们蹂躏女孩的身体，然后留下军票，但是这些军票却没有一张是属于这些女孩的。即使可以，军票对于她们来说也无异于废纸。军票是军人们使用的一种类似于货币的纸票，但毕竟不是真正的货币，所以既买不到衣服穿，也买不到糕之类的东西吃。

看看军票有几张，哈哈就能知道前一天女孩们接待了多少名日军。哈哈把每个女孩接待的人数用直方图表示出来，然后贴到墙上。[188]交回军票数量最少的女孩不仅没有饭吃，还要打扫茅厕。交回军票数量多的女孩则可以得到好衣服穿，还能单独分到罐头之类的食物。[189]对于哈哈来说，军票就等于钱。因为她可以重新把这些军票卖给军人。

一次，一位军官给了她一张"满洲"钱。她把这个也一起交给了哈哈。对于慰安所的女孩们来说，钱和军票一样，都无异于一张废纸。她们对钱根本没有概念。[190]

有时候，一些日军会把军票扔进装避孕套的桶里。她实在不愿从散发着恶心气味的避孕套中把军票掏出来，然后再擦去上面黏糊糊的分泌物。有一次她把军票偷偷扔进了茅厕。

发现前一天卖给军人的军票数量和第二天女孩们交上来的数量不一致，哈哈马上把女孩们叫到院子里，让她们跪在地上。手持木棍在一旁等待多时的欧多桑抡起棍子便往女孩们的大腿上打去，每个人的腿上都出现了轮胎印一般的黑线条。

她交上去的军票一般都不算多，哈哈明显对她很不满意。那天夜里，她从茅厕出来，看到月光很亮，就抬起头来去看月亮，哈哈握起拳头就往她头上砸去：

"又在打什么歪主意！"

几天后，她在盥洗室洗头，嘴里小声喃喃着什么。哈哈又用捣衣棰打她的后背。

"你骂谁呢？！"

比起军人，她更怕哈哈。[191]

有时，她的咽鼓管肿得厉害，根本无法接待日本军人，自然也就交不上军票。这种情况只要持续四天，哈哈便会冲她吼：

"你！再这么成天嚷嚷自己难受，我就把你送别的地方去！"

虽然她没有一天不想逃离慰安所，但她最怕听到的就是哈哈这句话。在她看来，这句话的意思其实是他们会杀死自己。

她们从来没有从日本军人那里收过钱，可是有人却说她们收了。[192]那些人说既不能换米又不能换衣服和胶鞋的军票，就是嫖资。

在慰安所里，她一次都不曾自愿接待过日本军人，也不曾以挣钱为目的接待过他们。每次她都是像尸体一样躺在那里，任由他们妄为。有的一进入她的身体就射精了；有的要等一会儿才能射；有的"哐啷"一声推开门，把她身上的家伙拖出去，自己接着扑过来……什么样的都有。[193]

春姬打了胎，下面还是红肿的，只能躺着。可日本兵们不管，照旧往上扑。[194]

听说，有的慰安妇收过钱。一位曾在新加坡慰安所待过的慰安妇说自己收过钱。在那里，日本军人交的钱有六成是分给慰安妇的。为了多挣点钱，只要身体允许，她都尽量多接待日本军人。在那之前，她曾经以去工厂做工的名义被骗到了中国广东的慰安所，并在那里待了三年，她早已放弃了自己破碎的身体。当时，日本为了募集战争资金，要求国民储蓄。她从慰安所主人那里拿到钱后，去日本的邮政储蓄银行用由纪子的名字存了起来。战争快结束时，她已经攒了不少的一笔钱，可没想到的是，战争一结束，银行账户就作废了。她怀着一丝侥幸带着存折回到了韩国，却被告知，一分钱也取不出来。她气得把存折撕得粉碎。[195]

*

据说回来才两万人。据说去了二十万人，解放后回来的，才不过两万人。

比起听说自己是二十万人当中的一人的时候，听说自己是两万人中的一人更让她震惊。二十万中的两万，意味着十分之一，也就是十个里面的一个……她以为自己算错了。十个人当中怎么才有一个人活着回来呢？

后男姐活着回来了没呢？

后男比她大五岁，有一段时间，后男姐一天要注射五针鸦片。再后来，不管接待多少日军，后男姐都一天到晚流着眼泪病恹恹地躺在那里。最后，欧多桑把后男姐从屋里拖了出来。他抓着后男姐的头发，像拖草席子一般把后男姐拖到了原野上。女孩们站在铁丝网的这一边，看到后男姐被扔到了寸草不生的荒地里。那天，天格外阴，还刮着很大的风。吹向"满洲"的大风里飘散着马身上的味道，一些煤炭一样黑的鸟听到后男姐的哭叫声，纷纷飞了过去。[196]

"看吧，我就说我们没法活着出去。"[197]

春姬叹了口气，瘫坐在地上。

第二天早上，女孩们出来吃早饭的时候，被扔到荒地里的后男姐已经不见了踪影。哈哈的女儿们说，她们看到一帮骑着马的马贼跑来，把女孩掳走了。

顺德也鸦片上瘾了，脸色乌黑乌黑的。顺德一直求欧多桑救救自己，欧多桑说会救她的命，然后给她注射了鸦片。[198]

她最后也撑不住了，注射了鸦片。[199] 只要一注射鸦片，即使下身流血也不会觉得疼，就算有多少人践踏自己的身体也不知道，只感觉到心情很好有了生的乐趣。可一旦鸦片的劲头过去了，浑身的骨头就像散架了一般疼，整个人都打不起精神来。刚开始是一天打一针，后来一针不够，变成两针，日本兵蚂蚁般蜂拥而至的星期六或星期天就打五针……直到那天看到后男姐被扔到荒野，她才一下子打起精神来，戒掉了鸦片。每次想注射鸦片的时候，就抽烟或喝酒。[200]

*

每次日本军人快来到时，福子姐总是对着走廊大声喊：
"南边来了很多军人。"[201]
那句话比说要杀了她还要让她心悸。

欧多桑把美玉姐带来的时候，不知道她有身孕了。胎儿的月份已经大到无法打胎，于是欧多桑让美玉姐拖着怀孕的身子接待日军。美玉姐一直说肚里的孩子肯定死了，可事实正好相反，她的肚子一天天大了起来。

"美玉姐会生下孩子吗？"

珺子边清洗避孕套边问她。珺子是和美玉姐一起来这里的，因为跟她同岁，两人很快便成了好朋友。

她的脸上多了一块胎记般的瘀青。原因是她看到军人落下的绑腿，就捡回来当卫生巾用了，结果被军人发现后挨了一顿打。军人说真晦气。[202]

哈哈给的东西总是不够用。有时牙膏没了，女孩们就用盐来刷牙。

"即使生下来，也不可能是健康的孩子。"

寒玉姐说。

美玉姐说，在来"满洲"慰安所之前，她一直在一个叫"黑龙江省"的地方。她说自己被关在一个猪圈一样的房间里接待日本军人，动弹不得。她说那些人像赶一头牛或一头猪一样，把她推进那间屋子，靠吃递进来的高粱饭才活下来。想大小便的话就喊一下外面站岗的哨兵，让他们递一个罐头瓶子过来，然后拉在瓶子里。[203]她说，忍着大小便的痛苦一点都不亚于接待日本兵。

福子姐提着装了避孕套的桶一瘸一拐地走进了盥洗室。她的大腿被一个喝醉酒的日本兵抡起小刀扎过，从此便瘸了。

*

吃早饭的时候，海今说，昨晚她梦到爸爸了。

梦里，爸爸问她：

"海今啊,你在这么冷的地儿干什么呢?"

"妈妈呢?"

"姥姥快不行了,你妈回娘家看去了。"

海今哭着说,爸爸之前就患了咳嗽病,这下肯定是没了。[204]

*

粉善让经常来找自己的野战邮局局长帮自己往老家发了一封电报。局长说自己是日本东京人,毕业于早稻田大学,退伍后去了邮局工作,后来接到去野战邮局工作的调令,就这样来了"满洲"。他帮粉善往老家发了一封电报。[205]

粉善不识字,是金福姐帮她写的。

我现在在丝绸厂。我会挣钱回去的,请你们保重身体。
请不要回信。[206]

不久,粉善收到了老家发来的两封电报,是邮局局长把电报带过来的。两封电报的到达时间先后相隔了一个月。

妈妈病了,快要死了。[207]

妈妈死了。[208]

6

*

两只脚整齐地伸在前面,两只手攥起来放在大腿上。

两只眼睛像挖洞一样紧紧盯着半空中的一个点。

只要还活着,只要有一个人还活着……[209]

她声音很低,低得连自己都听不清。

她保持这个姿势纹丝不动地坐着,直到围墙上出现一个不速之客的脸。她吓了一跳。

还以为是平泽的外甥过来了,结果是电表检察员。

那人先是伸长脖子,隔着围墙观察电表,接着又拿出一个方形、黑色的东西放到了面前。他的头慢慢转动,最后对准了她。她突然意识到,那个方形、黑色的东西是望远镜。她有些惊讶。

"看得很清楚呢。"

电表检察员咧嘴笑,牙龈都露出来了。

"……?"

"能看得很清楚,好像老奶奶您的脸就在我面前似的。年轻的时候很多人夸您漂亮吧?估计村里的小伙子们为了看您一眼,都在门口排队吧。"

这个油嘴滑舌的玩笑让她很不舒服，她摆了摆手……很长的队伍。每个房间前面都排着长长的队伍。刚出去一个，接着又进来一个。[210]

"这东西很旧了，本想扔掉的，结果拿出来试了下，还挺管用呢。有些人明明在家却装作家里没人，不管你怎么喊，里面也不回答。给我把门打开我才有办法查电表呀，不然我也用不着带着望远镜出来。"

"……"

"门都插着，也不知在里面干什么。"

她觉得他好像在说自己，有些不好意思。三四个月前，一次，她正躺在里屋，外面传来急促的喊声。她晕晕乎乎的，还以为是电视机里的声音。后来听清了是电表检察员在叫自己，可自己却像梦魇一样动弹不得，就那么躺着，眼睛盯着天花板。电表检察员用力拍了几下大门，最后离开了。她还是那样躺着不动。

"有些房子里面明明有人住，看起来却不像住着人。那种房子我一个大男人都不敢进呢。"

她有些明白对方的意思了。十五区有些房子确实看不出里面住没住人。她也一样，比起空房子，从那种房子前面经过更让她害怕。

"这个月的电量是上个月的两倍呢。"

"两倍？"

电费和水费什么的都是从外甥的账户里直接扣款，电量是之前的两倍的话，电费也会扣两倍，外甥肯定会觉得不对劲。这段时间，她牵挂着剩下的最后那一个人什么时候咽气，所以比以前稍微多留意了一下新闻，但除此之外没有格外费什么电，再说之前也是每天早晚都开着电视的啊。要说她的电器，也就那么几样。电视机、电饭煲、冰箱、小型洗衣机。已经是八月中旬了，但她还没开始用电风扇。

"不可能……"

"老奶奶您可真是，难道电表会说谎吗？"

"那个，年轻人……二十万当中的两万……是十分之一没错吧？"

"二十万当中的两万？"

"二十万当中的两万的话……"

"二十万是什么，两万又是什么呢？"

电表检察员没有直接回答，而是反过来问她。她有些不知所措，不知该如何解释，只好闭嘴。

"要选两万人，结果动员了二十万人吗？二十万人的话，相当于一个中小城市的全部人口了……"

她后悔自己不该问他这个，于是不再说话。

"您怎么拳头握那么紧？"

"别让螺蛳们跑了……"

不觉间话已冲口而出，剩下的被咽了回去。

"螺蛳？"

那人收起嬉皮笑脸的表情，边观察她边问。

"没什么……"

"您不是说有螺蛳吗？"

"没有……"

"我说，老奶奶，您跟儿子或者女儿商量一下，最好去检查一下有没有患老年痴呆。请不要生气，因为我岳母就是老年痴呆，所以我多少了解一些。老年痴呆只能早发现，没有其他更好的办法。"

见她什么也不说，那人有些尴尬，转身离开了。

她一直等到那人的脚步声消失在巷子外面，才慢慢把手张开。她仔细端详着自己的手掌，像在寻找隐藏的图画。

一次，她们去驻扎在深山里的军营慰安。到了晚上，士兵们在帐篷外面燃起了篝火，让女孩们出来烤火。女孩们围着熊熊燃烧的篝火坐了下来，憔悴的脸上渐渐有了生气。一个士兵拿来一个装满高粱酒的水壶，让女孩们轮流喝。喝完两轮，香淑开口唱起歌来。香淑说这是在中国台湾慰安所时学会的歌。她经常唱。

"我要勇敢地起飞，离开新竹，穿过那金色、银色的云朵。没有人为我送行，只有百合子在为我哭泣。"[211] 百合子是香淑的日本名字。

女孩们互相说着话，咯咯地笑着。士兵们也跟着笑起来。

她高兴不起来，只是不悦地看着女孩们和士兵们。她还看到了死去的女孩。是吃了自己的血和鸦片的己淑姐，她正坐在士兵们中间,也跟着一起笑。

她望着己淑姐,努力想挤出一个微笑。这时,一个士兵啪的一下拍了她的肩膀。她转过头去,看到士兵把酒壶递到她跟前。她接过酒壶,嘴里小声地嘟囔了一句:

"该死的。"[212]

士兵皱起眉,扇了她一个耳光。她手里的酒壶滚到了地上。日本兵们不懂朝鲜话,却能听出来哪句话是在骂他们。

*

她嘴边的肌肉开始痉挛。那个名字似乎就在嘴边,却怎么也想不起来。她的嘴里只是不时地发出类似叹息的呻吟声。那个女孩也在某一天无声无息地消失了。有一次,她听到其他人边洗避孕套边小声议论,说她怀孕有六个多月了。[213]

那个军官个子很矮小,留着稀疏的牙刷头一般的小胡子。她下面肿得厉害,很难让他进去,军官便把自己的生殖器放进了她的嘴里。她吓了一跳,惊慌中狠狠咬住了嘴里的东西,留下一排牙印。军官哑着嗓子骂了一句,把她推到了墙上,然后破门而出,把欧多桑喊来了。欧多桑冲进来把她拖到了院子里,抡起一根方木便开始打她,直到她昏死过去。

她醒过来的时候,左臂肿得吓人。从胳膊肘到肩膀的部分,骨头全断了，还错了位。

"你昏迷了两天才醒过来。"

寒玉姐告诉她。

"我们都以为他会把你打死。能捡回一条命真是万幸啊。"[214]

美玉姐也舒了一口气。她的骨头还没长好，哈哈就又让她接待日本军人了。[215]

*

天气热了起来，下身肿胀、流脓的女孩越来越多。很多女孩下面肿得连路都不能走，只能在走廊里慢慢爬。如果连厕所都去不了，就只能把罐头盒放在房间里解手。英顺的梅毒很严重，肚脐都溃烂成了暗红色。

美玉姐的肚子已经大得没法再接待军人，每次上厕所她都要哭。她说孩子肯定已经死了，但又怕孩子在自己小便的时候掉进厕所里，慰安所的厕所可是深得很。见美玉姐不能接待军人了，哈哈就让她去厨房干活。其他女孩接待军人的时候，美玉姐在厨房的地板上铺一个面粉袋，在上面生下了孩子。[216] 生完孩子还不到十天，美玉姐就又开始接待军人了。美玉姐接待军人的时候，染了梅毒而不能接待军人的女孩们帮忙照看着孩子。孩子会抬头了，哈哈用粗布包起孩子带到了中国村子。不久后，女孩们之间出现了这样的传闻——哈哈收了钱把孩子卖给了黑市上给她看牙的人。

春姬姐疯了，她穿着睡在自己房间里的士官的军服在走廊里转悠。[217]哈哈还是让春姬姐继续接待军人。

"给她洗洗脸。"

春姬姐的脸很久没有洗了，上面粘着厚厚的一层污垢，像花生壳一样。她拉起春姬姐的手去了盥洗室，然后让春姬姐坐到水管前，打开了水龙头。

"妈妈去哪儿了？我睡了一觉醒来发现妈妈不见了……"

污水流入了春姬姐张开的嘴里。

"妈妈去田里了。"

"田里？"

"去挖土豆……"

春姬姐一本正经地看着她。

"妈妈，你去哪儿了？"

春姬姐用双手抓住她的胳膊，吊在那里。

"我哪儿都没去。"

她说。

"妈妈，不要丢下我去别的地方。"

"不去，我哪儿也不去。"

吃完早饭来到院子里，欧多桑正用拳头打春姬姐的头。

"不乖乖待在房间里，没事乱跑什么？"

欧多桑继续更用力地击打着春姬姐的头。

午夜时分来找她的军官问她叫什么名字。她已经接待了三十多名军人，勉强只能睁着眼睛。军官说：

"我给你取个名字吧。就叫武子。"

于是她又多了一个名字。

虽然不可能回到家乡了，但她最羡慕的就是那些记得家里地址的女孩。

珺子把自己老家的地址告诉了她。

"庆尚北道漆谷郡枝川面……沿着一条镰刀似的弯弯的小路，就能看到我的家……你记下来，等我忘记了再告诉我。"

于是她把珺子家的地址背了一遍又一遍，从未去过的珺子的家似乎就在眼前。她的老家也在一条小路的尽头。

当年只有十三岁的她，不知不觉已经二十岁了。七年来，她的个子只长高了两节手指那么高。七年前一起来到"满洲"慰安所的女孩中，至今还待在这里的只有她和爱顺两人了。有一天粉善也跟着欧多桑离开了。一边说着永远不要忘记，另一边用线、针和颜料在左手手腕上刺青的莲顺和海今也走了。

七年前坐在一路向北行驶的列车上的女孩们当中，她是最小的，如今她已经成老人了。

欧多桑又带来了两个女孩，其中一个十三岁。十三岁的女孩带来了七年前在大邱站坐上火车的她的幻影——穿着黑色粗布上衣、短兮兮的裤子，脸上是无比懵懂的表情。

"你还这么小,怎么会来这种地方?"

英顺问女孩。十六岁的英顺手里拿着一根点燃的烟。

"既然来了,也没办法。只能认命了……"

英顺把烟送进嘴里。呛人的香烟烟雾吞掉英顺的脸,并向空中散开。

哈哈给女孩们起了日本名字。

"从今天起,你的名字叫贞子。"

哈哈忘了贞子是寒玉姐的名字。寒玉姐注射了606针剂,浑身提不起劲,总想打嗝,最后像抽风一样抖着。

*

那是一九四五年的夏天。哈哈一天到晚哭哭啼啼的,哈哈的女儿们也跟着哭哭啼啼。日本即将战败的消息传开了,女孩们感到非常不安。她们都以为,如果日本战败了,所有人都得死。[218]

看到她去上厕所,欧多桑咬牙切齿地说:

"我要杀了这个婊子。"[219]

军人们越来越烦躁、粗暴,他们身上散发出山羊的膻味,醉酒后还经常打架。

吃完早饭已经很久了,军人们一个也没有来。女孩们虽然很高兴,可因为没听说军人们要去打仗,所以都很不安。哈哈的收音机也变成了哑巴,非常安静。欧多桑吃完早饭就开着货车出去了。女孩们猜,欧多桑肯定又去拉女孩了。一度多达三十九人的女孩们现在只剩下三十二人了。

太阳升至中天了,军人们还没来。她和香淑相互叉开腿坐着,为对方抓阴虱。

香淑的两颊昨晚被军官打肿了,嘴里像含着糖块一样。因为她接待了二十多名军人,身体像海参一样瘫软,军官说她不欢迎自己,把她拉起来,用手扇她耳光。[220]

香淑给她讲了自己乘坐军用火车的途中遭遇轮奸的故事。

离开平壤站后又行驶了两三天,军用火车突然停了下来。在运送军人和军需品的军用火车货舱里,有三十多名女孩。一名军人看守着这些无处可逃的女孩。货舱四面堵塞,白天黑夜里面都是一片漆黑。虽然能听到扩音器里传出来的声音,但女孩们听不懂是什么意思。货舱的门打开后,两名军人出现了。他们在两边立起枪身,让女孩们下车。蜷缩在地上的女孩们一脸茫然地你看看我我看看你,一个个站了起来。车下已经有一百多名军人在等着,他们把女孩们带到田野各处。长满大麦叶一样的青草的草地上,黑裙子被纷纷抛起。[221]

"老天在看着呢,他们怎么干得出来?"她问。

哈哈不知为什么蒸了一大锅大麦饭,做了饭团。以前每个女孩只能分得一个,这次每个人分到了两个。

"你们不知道还能活几天,多吃点儿吧。"[222]

"为什么我们不知道还能活几天?"英顺问。

"我们日本现在要输给美国了。如果日本输了,我们会死,你们也会死。"[223]

当晚,一名日本士官摔碎玻璃瓶后,把瓶子倒插在慰安所的院子里,用头撞了上去。[224]

7

*

刚才她还坐在檐廊地板上,现在却不知去了哪里。只有脱下的鞋子整整齐齐地摆放在那里。

左脚和右脚的鞋子紧紧贴在一起,似乎一刻都不想分开。

她蹲坐在里屋的角落里,面前放着几张报纸。她从中拿起一张,拉到自己跟前。

发黄的报纸一角,印着一张比证件照稍微大一点儿的黑白照片。照片上女人的脸给人一种刚毅的印象。

她双眼的焦点集中在女人的脸上。金学顺，就是她。那个数十年前在电视节目里哭泣的女人。

金学顺……有一天晚上那个人在电视上哭。正在吃着饭的她嘴里含着饭粒也哭了起来。看到那个人哭，自己的眼泪也跟着流了下来。[225]

她还记得那一天的日期，一九九一年八月十四日。她像往常一样一个人看着电视，得知和自己有着同样遭遇的人当中[226]有人还活着时，她很吃惊。

有证人还活着，可有些人却说世界上没有发生过这样的事情。流下眼泪的同时，气愤又迷茫……[227]

金学顺说，正因为如此，她决心将自己所遭受的事情公之于众。

新闻报道的很多地方用红笔画着下划线。她拿起报纸，开始朗读用红笔画线的部分。她不能一下读完一句话，只能像切冻明太鱼那样，断断续续地读。

我是孤身一人，

也没什么好顾虑的，

那么残酷的日子里，

上帝让我活到现在,

就是为了这一天。

谁会关心像我这样死不足惜的女人的悲惨一生……

为什么我不能像别人一样堂堂正正地活在这个世界上?

我是受害者。[228]

继她之后,曾做过慰安妇的女人们一个个都开始坦承——我也是受害者,我也是受害者,我也是受害者,我也是受害者,我也是受害者,我也是受害者……

有一段时间,她经常听到国家正在接受慰安妇受害者申报的说法。只要持有能够证明自己曾是慰安妇的照片或物品,来到洞事务所、区厅、道厅进行申报,就可以被登记为慰安妇受害者,被登记后政府会提供生活补助。

她拿起那张十六开大小的报纸,读出声来。报纸的一侧,有一张年老女人的黑白照片。

"……实在吃不上饭了,所以我才申报的。一九九三年的时候我曾亲自到道厅进行申报，因为听说政府会给补助金。在道厅那里，接待我的人一直问这问那。他们想确认我是否真的去过慰安所，一直说那些我不想提的往事，我的心里非常烦躁，头也疼起来。让人坐在那里，像审讯一样问了三四个小时啊！

"你一天要接待多少军人？军人进来以后，是怎么把军服的裤子脱下来的？你没得梅毒吗？

"一听到那些不愿意再提起的问话，我真的要疯了。审讯也没有这样的啊！他们以为我明明没去过慰安所，却撒谎说自己去过，是为了得到政府的补助金。

"但凡有个帮我付医药费的一子半女，我也不会去申报。

"我隐姓埋名地活到现在，如今都快死了，干吗还要去说那些呢？一直以来我都只怨自己命不好，现在我对国家感到很愤怒。我做错什么了？我的罪过就是，出生在贫穷的家庭，又轻信了别人说的去了可以赚到钱的话。

"从慰安所逃出来的时候，我身上有梅毒。为了治好这个，我不知道吃了多少苦啊！

"我认识的一个人，她婚后把梅毒传染给了丈夫，结果被揭穿身份后赶了出来。不久后她生下了一个儿子，那个儿子一开始是正常的，可不到四十岁就得了精神病。后来精神病院让他把自己的妈妈带过来，所以她去了，结果医生说除了妈妈，其他家人都先出去。然后医生问她有没有患过梅毒，她什么话也说不出来，只是流着眼泪走了出来。原来梅毒那么可怕。她也很可怜，这等于是无意中毁掉了孩子的人生啊！儿子虽然从精神病院出来了，但好像偶尔还会发作。医生应该不会告诉他的，可儿子却总是叫着要杀了妈妈，说自己是从肮脏的狗洞里出生的，所以才会变成这样。[229]

"那该是什么样的心情呢？……我每天都吃一粒头痛药，那天吃了两粒。

"申报后我变得更孤独了。大姐极力劝阻，说如果过去被公开，会影响侄女们的婚事，所以还是别声张了。但我还是去申报了，结果姐姐和侄女们都和我断绝来往了。"[230]

"从一九九四年正月开始，补助金下来了。"[231]

她很想知道，大家都是怎么隐藏着生活的。虽然她本人也遮遮掩掩地独自生活了七十多年。

第一个在电视上坦承自己曾是慰安妇的金学顺也是在五十年以后才站出来的。

她也想站出来承认——我也是受害者。每当这时，她都会用纱布手帕捂住自己的嘴。

"我也是受害者……我也被带到'满洲'的哈尔滨遭遇了那些……十三岁的时候被抓走遭遇了那些……我还是个孩子的时候就被抓走了……"

每次见到姐妹们的时候，这些话就顺着喉咙要冒出来，但每每还是被咽了下去。

不久前还听说，政府登录在册的慰安妇有二百三十八人，现在怎么只剩下一个了呢？她摇摇头，耳朵里传来了秒针走动的声音。

她抬头望着孤零零地挂在墙上的钟表。钟表的边框是圆形、黑色的。

没有时间了……

鸟儿飞上树枝再飞走的时间。看似永久的一个人的一生，顶多也不过如此。

*

不知什么时候，她面前的报纸不见了，取而代之的是一张白纸。她的右手握着一支黑色的签字笔。

她活到现在从没有写过日记，也没有写过信。在"满洲"慰安所的时候，她很想给老家写信，但她不知道老家的地址，也不会写自己的名字。慰安所的女孩大多都跟她一样，不会读也不会写字。没能往老家寄信，她觉得是万幸。因为很明显，如果写信，里面的内容一定是这样的：

爸爸，妈妈，我现在在"满洲"。
在这里，军人们从早晨开始就排着队进来。
我就要死了。[232]

以前她一直是文盲，在一个大学校长的家里当过保姆，结果半个月后就被赶了出来。原因是女主人给了她一张字条，让她按照上面写的去买菜。她不知所措，女主人看出她不识字，第二天就把她赶了出去。

年过五十她才勉强会认字。她在小学前面的文具店买了书写韩文的教材，然后从部首"ㄱ"开始学习。整整三个月过去了，她终于可以写出自己的名字。虽然写了不下一万次，可不知为什么，每当写自己名字的时候，手就会颤抖和迟疑。

读字还可以，写字却完全没有信心。

我

她好不容易写出这个字，然后停下了手中的签字笔。

我？

她不知道自己是什么样的人。善良还是恶毒，明朗还是阴暗，固执还是随和，慢性子还是急性子。她也不知道自己的感情，是悲伤、高兴、幸福，还是生气。她做过保姆的人家的女主人都说她是个沉默寡言、温顺的人，但姐妹们却都抱怨她刻板、固执。姐妹们都是话多的那种人，她有些怀疑，自己是不是天生就不爱说话？

每当想思考自己的时候，最先产生的感觉就是羞耻和痛苦。

因为从来不敢去思考，而且从来不说话，她已经忘记了自己是什么样的人。

她那因为不知道自己是谁而不知所措的手指又有了力量。

我也是受害者。

还要写什么呢？她感到无比茫然，但真真切切地意识到，自己什么都没有忘记[233]。

她不记得一小时前做了什么，但她记得七十多年前的事，她甚至记得慰安所房间天花板上忽闪忽闪的灯泡。

她还听说有人指责她们的话可信度不高，前后矛盾。因为面对着那些为慰安妇奔走宣传的人，她们说不清楚自己是几岁时被抓走的，被谁抓走的，被带到哪里去了。那些人根本没有考虑过，大部分女孩连自己家乡的地名都不知道，而且由于没上过学，她们连自己的名字都不会写。已经过去数十年了，她们的记忆早就破成了碎片，杂乱地交织在一起。

她虽然不知道"满洲"慰安所的名字，但清楚地记得吃了自己的血和鸦片死去的己淑姐的牙齿像石榴籽一样闪闪发光，还有避孕套里的分泌物散发出的又酸又腥的味道，以及饭团里像撒了黑芝麻一样密密麻麻的米虫的数量。

有时什么都不记得，只记得非常冷，只记得非常非常冷。[234]

所有的一切，如果从头到尾都记得，她是活不到今天的。[235]

在"满洲"慰安所经历的事情就像冰块一样散落在她的脑海里。每一片冰块都是那么冰冷，那么鲜明。

开口说话容易吗？更何况是隐藏了五十年、六十年、七十多年的故事。

如果不是万分困难，她会连对躺在坟墓里的妈妈都开不了口吗？她觉得至少要向死去的妈妈倾诉才能活下去，所以去了妈妈的坟地，但她还是什么都说不出来，只是拔了几棵瓜子金便回来了。

只要是在"满洲"慰安所发生的事情，她什么都不想记得。可如果得了老年痴呆，真的什么都记不起来了，该怎么办？

我也是受害者。

她把写在白纸上的字大声读了出来，随即陷入了想把一切都说出来的冲动。

我想把一切都说出来，
然后死去。[236]

8

*

她站在里屋的窗边呆呆地望着巷子,脸上戴着纸面具。

谁会关心像我这样死不足惜的女人的悲惨一生?她的喃喃自语在纸面具和脸之间像回声一样打转,然后消失。

纸面具的眼孔和她的眼珠对不上,她什么也看不见,但十五区的每个角落都历历在目。

那段时间二妹在医院接受抗癌治疗。虽说有五个孩子,但大家生活都很忙碌、紧张,所以是她在一旁守了几天,照顾妹妹。

二妹可能觉得她既没有丈夫也没有孩子,独自生活很可怜,于是问她:

"姐,你在这世上最想要什么?"

她什么也没说,二妹说出了自己最想要的东西。

"我想要一枚金戒指。不多不少,纯金的、两钱[①]的就足够了……一钱跟没戴似的,三钱的话又太沉了……"

二妹睡着了,她才说出了自己最想要的东西。

[①] 重量单位,1 两 = 10 钱 = 100 分。(编注)

妈妈，我最想要妈妈。[237]

*

士官倒头撞死的那个碎玻璃瓶还插在院子里。沾在上面的血凝固了，这让它看起来像一顶生了锈被扔掉的王冠。

女孩们之间流传着苏联军队打过来了的传闻。还有传闻说欧多桑会把她们全杀了，因为不能把所有人都带走。

福子姐说：

"不管怎么样都是死，我们逃跑吧。"[238]

从"满洲"慰安所逃出来的时候，她和四个女孩在一起。福子姐、珺子、爱顺，还有一个记不起名字的南海女孩⋯⋯虽然大家都想一起逃跑，但有些女孩的下面肿了，连走路都很困难。香淑哭着做了个手势让她们快走。[239]

福子姐用一条黑色的粗布把长满虱子的头发扎起来，撒腿就跑。她也急了，捡起不配对的"jikatabi"① 穿上，也跟在后面跑了。[240]

南海女孩刚跑出慰安所的铁丝栅栏，就被欧多桑用手枪射出的子弹击中，倒在了地上。她们顾不上倒地的南海女孩，一个个只拼命地向前跑。

---

① 日语词汇，胶底鞋。（编注）

从慰安所逃出来以后,她们第一个藏身的地方是一望无际的野生高粱地。两米多高的野生高粱不停地摇曳着,从来都不哭的福子姐坐到地上放声大哭起来。女孩们在野生高粱地里看到了一些陶瓷坛子,那些坛子有酱油缸那么大,四处盘踞在地里。她心想也许里面装的是吃的东西,于是走近一看,一阵刺鼻的恶臭味熏得她向后跌倒在地。原来,这是当地人把死尸放进瓮里后埋在野生高粱地里的。尸体被流入的雨水泡烂,才散发出如此难闻的气味。[241]

她和一起逃出来的女孩们在高粱地里过了一夜。在整夜摇曳不停的高粱叶子的间隙里,破碎的月光倾泻而下。

不知从什么时候起,女孩们走散了。[242]

逃离慰安所还不到五天,孤身一人的她躲进了一处中国人的房子里。在当时的目光所及之处,要说人住的房子,就只有那一户了。

刚开始她还觉得奇怪,倒塌的土墙上搭的怎么都是男人的衣服。后来才知道,这里只住着一个鳏夫。

中国鳏夫竟然知道她是从慰安所逃出来的朝鲜半岛来的人,也知道慰安所是什么地方。

在厨房的地上摆好饭桌吃饭时,老鼠在脚边窜来窜去。就是在那样一个土屋里,她和仅剩下三四颗牙齿的鳏夫足足生活了九个月。

一天，外出工作的鳏夫背着一袋地瓜秧和蜗牛回来了。他把它们全部放进锅里蒸熟，然后扒拉着蒸熟的地瓜茎，把找到的蜗牛给她。

有生之年她从没见过比鳏夫的手更脏、更丑的手。

那是一双虽然又脏又丑但充满人情味的手。

当改衣店的狗舔着自己手的时候，她想起了鳏夫的手。她希望狗舔的不是自己的手，而是鳏夫的手。

她还是说谎了。她说自己绝对不会逃跑，还说你心地这么好，我会和你一起生活。就这样让鳏夫放下心来，然后她逃跑了。

衣柜里还装着她给鳏夫置办的秋衣。虽然她知道鳏夫不可能活到现在。

即使在梦里她也想再见到鳏夫。如果见到他，她有话要说：

"您心地善良，把我当成女儿一样疼爱，所以我本想和您一起生活的，但是，我真的很想念妈妈……在死之前我至少想见一次妈妈……对不起……"

*

她从鳏夫家里逃出来，也分不清东南西北，就那么一直走着。在一块土豆地里，她看到好几个人用镐头把一个人打死了。

他们用挖地的镐头砸那人的后背，用砍柴火的斧头砍断了那人的脖子、手、脚腕，用割草的镰刀刺进了那人的心脏。

那个人的脖子被斧头砍断时，掉出的眼珠骨碌碌地滚到了地上。[243]

她看到过像木炭一样黑的猪，啃食着死去女子被火烧焦的脸。

她偷来死去的小长工的衣服穿在身上，为的是不被军人抓进地里。[244]那个死去的小长工看起来还好好的，就像是睡着了，好像马上就会拍拍屁股站起来缓缓走开似的。她感觉自己偷的不是小长工的衣服，而是他的灵魂。

她还偷过死去的歪嘴女孩的衣服。那是一件白色的粗布短袄，她没有穿，而是把它卷起来，像包袱一样抱在怀里。

一路上，只要看到说朝鲜话的人她就立刻抓住人家不放。
"请带我回朝鲜吧。"
那些人看起来像是一家子，他们虽然嘴上答应她，可是没走多久就抛下她离开了。
一个货郎说会带她回朝鲜，让她别怕，然后把她带进了苞谷地里。最后，他把她扔在长满瘪谷的苞谷地里，自己走了。[245]

她在想，自己不认识路，口袋里又一分钱都没有，是怎么走到豆满江①的呢?

在接连不断的轰炸之中,自己是怎么活下来的呢?

因为不认识路,她只能茫然地向着被烧得焦黑的山走。那是日军为了对付"马贼"放火弄成这样的。246

烧得焦黑的山消失后,再向着铅色的石山走。

她走了一天半才到那里,然后看到人们像狗一样爬下倾斜度将近九十度的石山。他们都住在山下的村子里,下山后他们找出藏在家中各处的粮食做饭吃,天一亮又上山去了。她只要看到像朝鲜人的女人,就会走过去看看人家的脸。心想着对方会不会就是福子姐、珺子或爱顺。

她看到过一个腰部修长的女孩,从后面看很像珺子,所以一直跟着她,然后就遇到了在其他慰安所待过的女孩。自称故乡在忠南天安的女孩说,有一天日本主人夫妇逃跑了,她们这才知道解放了。

她和那个女孩一起整整走了四天。

人渐渐多起来,形成了人群。她被人群推搡着往前走,猛然回头时,那个女孩已经不知去向。

人群中她还看到一个抱着包在包袱里的鸡缓慢行走的年老女人,她觉得她很像自己在大邱站看到的那个女人。女人穿着白色的韩服,头发拧成麻花状后绾成一个髻,怀里抱着一只用白色土布包

---

① 即图们江,发源于中朝边境长白山山脉,是中国、朝鲜和俄罗斯的边境河流,在朝鲜境内的流域称为"豆满江"。

袱包着的公鸡在等火车。她一走过去,女人以为她要抢自己的鸡,大喊着跑开了。

*

有水在滴溜溜地打着旋。[247] 转啊转,转啊转,就像石磨那样。人们说这就是豆满江。从中国鳏夫家里跑出来整整五个月后,到达豆满江的瞬间,她腿一颤,一头栽倒似的瘫坐在地上。看不出深浅的混浊的豆满江,很像那次去偏远山区军营的路上去过的那条江。

她看着骑着马和坐着军用车沿豆满江移动的苏联军人,漂浮在江面上的尸体也进入了她的视线。江边的草丛中也有尸体。

苏联军人到处扎营,守卫着豆满江,不让人们从"满洲"进入朝鲜。[248]

她仔细听着人们三三五五聚在一起说话的声音。哪里水深,哪里水浅,哪里会陷下去……

晚上,人们把装了粮食的包袱顶在头上,为了包袱不被打湿,大家都把脸露出水面,开始渡江。

渡江的人越来越多,她也开始着急起来,似乎如果今天晚上不能渡过豆满江,就永远也过不去了。

一个女人用粗布把婴儿卷起来背在背上,走进了水里。眨眼间水已经漫到了女人的腰部。她焦急地看着孩子的脸被水吞没后又露出来,耳边传来人们唉声叹气的声音。

"哎哟，被吸进去了！"

"哎呀呀！"

有人被吸进打着旋的水里了。黑色的裙子像气球一样鼓着飘起来，然后消失了。

这时背着婴儿的女人不知是否已经渡过江了。

她还看到怀孕后挺着肚子的年轻女子被整个吞没在汹涌的水流中。[249]

以前看到男人她就会发怵和害怕，但此刻她看到一个男人就抓住不放。

"大叔，求你带着我过江吧。"

但是，没有一个男人愿意伸出援手。她看起来在平地上都站不稳，他们担心带着她过江的话，自己也会被江水冲走。

她急得直跺脚，然后看到一些姑娘互相拉住对方的手一起过江，七个人全部过去了，没有一人被水流冲走。[250]

她想，往上走江面会不会变得窄一些，于是逆流向上走着。没过多久，她看到了一个额头中枪而死的女人。[251]

太阳一升起，渡江的人就少了。

一个头上围着黑毛巾的女人拉着一个五六岁小女孩的手向江边走去。女人让女孩坐到水边，用手掬起漂着尸体的江水，给女孩洗了洗脸。

她抓住一个看起来四十岁左右的男人纠缠起来。
"大叔,求你带我过去吧。"
"你有钱吗?"
身上穿着欧多桑喜欢穿的那种束脚裤的男人反问道。
"大叔您结婚了吗?"
"当然结了。"
"大叔,我没有钱,只有一件完好的女人上衣,您能不能收下它,带我过去?"
她把仔细包在包袱里的白色棉布上衣给了男人。

"把它送给我老婆的话,她肯定喜欢。"[252]
男人没有抓住她的手,而是抓住了她的手腕。如果遇到紧急时刻,他好松手。

9

*

原本以为只要过了豆满江,故乡就近在咫尺。她没有想到,过了豆满江,足足又过了五年,她才回到老家。

过了豆满江,她又走了一个多月才到达平壤站。平壤站挤满了来坐火车的人、来找工作的人、算卦的、卖打糕的、看起来像劳工的男人们、乞丐们、背夫们。一想到坐上火车就能回到家乡,她既激动又害怕。

她随便瞅准一个卖打糕的便跟了上去,央求说,如果有那种能干活儿挣口饭吃的地方,请介绍给自己。

"你是小女孩还是大姑娘?"

卖打糕的直勾勾地盯着她黑瘦的脸问。

"我二十多岁了。"

卖打糕的把她介绍到了一家佐酒汤饭店。那家店在平壤火车站后面,一个罗锅老妇独自在卖佐酒汤。妇人说自己的儿子被抓去当学生兵了,他一定会活着回来,儿子回来后自己要和儿子一起生活,所以这些年一直拼命攒钱,好买房子。她在这里有一日三餐,也有衣服穿,但没有工钱。睡觉是在饭店旁边的房间里和妇人一起睡。要回老家就得有钱，但她开不了口问人家要钱。

在佐酒汤饭店干了三个月左右，一天，她向每天晚上来喝佐酒汤的年老的劳工讲起了自己。她没有说自己在"满洲"的事情，只是瞎编说，自己本应该坐开往大邱的火车，结果坐错了车，所以才来了平壤，因为把装着钱的包袱弄丢了，现在连老家都回不去了。

"那就得去卖身的地方。"[253]

这句话在她听来是要把她再送到慰安所。所以那天晚上，她趁妇人上茅厕，偷偷从她的褡裢里抽出几张纸钞，然后头也不回地去了平壤火车站。

她在平壤站坐上火车去了京城。她以为只要在京城站坐上火车就一定能去大邱站，然而下车的地方是釜山站。

一个发缝整齐得像用粉笔画过般的老奶奶，缓缓走几步又回头看看，然后老奶奶向她走了过来。

"孩子，你是没地方可去吗？"

老奶奶叫二十多岁的她为孩子。

"没有。"

"怎么会没有地方去呢？你是从哪里来的？"

"我不识字，我不知道自己从哪里来的。"

她实在没办法说自己在"满洲"接待军人的地方待过，只好这样说。

"你真的没地方去吗？"

"真的没有。"

"你要不要到我家去看孩子,帮着打杂?"

她跟着老奶奶去的地方是一家澡堂。在那家日式澡堂里,她照看着七个月大的婴儿,同时给澡堂干杂活。这家人也没有给她工钱。254

在慰安所整整待了七年,从慰安所逃出来又过去了五年,整整过去了十二年,她终于回到了自己的老家。她不知道老家的地址,仅凭邑①内的地名一路打听。在邑内的巴士车站,她拉住人便问黑幕谷该怎么走。她的老家在距离大邱一小时三十分钟车程的邑内坐上巴士还要再走三十分钟,非常偏僻,而且两小时才有一辆车。从脚下传来的颠簸中她能感觉出,像发怒的黄牛般的巴士所行驶的这条公路,就是十二年前载着自己和女孩们的卡车跑过的那条路。

车子像扔一包土豆一样,"啪"一声把她卸了下来。她在那里愣愣地站了好一会儿,才向着村子走去。

走进老家的院子,迎面走来的是她的嫂子。母亲已经去世,父亲中风卧病在床。两个妹妹都出嫁了,她不在的时候出生的妹妹离开老家,去鱼丸工厂工作了,只有成了家的哥哥留在老家陪着父亲生活。

嫂子端着装有污水的木盆从厨房出来的时候看到了她。

"谁啊?"

---

① 韩国行政区划单位,相当于我国的"县""镇"。(编注)

她正想问这句话。她做梦都想不到,这个怀了第四胎、腹部像山一样隆起的女人是自己的嫂子。

她什么话也没说,环视了一下自己的家。家里和十二年前她离开时一样,巴掌大的窝棚周围[255],围着一圈枳子枝篱笆。

"谁啊?"

这句冷漠的问话让她坐在院子里痛哭起来。父亲精神正常,却没能马上认出她。[256] 现在的她已经变丑了,脸色蜡黄蜡黄的。[257]

对于家人来说,她早就死了。十二年来,一直没有关于她的任何消息,哥哥以为她死在了外面,于是进行了死亡申报。[258]

还记得她的一些乡亲见到她纷纷问:

"你小小年纪就离开了家,这是去哪儿了现在才回来?"[259]

村里人大多是她的四寸①、六寸,或八寸。住在山沟里的堂婶实在难以置信,用手去掐了下她的脸。

麻雀、鸡、山羊都问她,你小小年纪就离开了家,这是去哪儿了现在才回来?

她撒谎说自己去当保姆了。自己还小的时候,去错了地方,到了釜山,然后就在别人家里当保姆了。[260] 她实在说不出口,说自己曾被抓到"满洲"。

天黑了,她经常背着嫂子偷偷去妈妈坟头以泪洗面。她死也不会去河边,去了河边好像就会看到十三岁的自己在那里摸螺蛳。

---

① "寸"是韩国衡量亲人亲疏关系的计算方法。父母和孩子之间是一寸,亲兄弟姐妹之间是二寸,堂表兄弟姐妹之间则为四寸。从堂兄弟姐妹之间是六寸。寸数越大表示亲缘关系越远。

嫁出去的堂妹回老家的时候来找过她。她们同岁，但堂妹已经是三个孩子的母亲了。

堂妹一边哄着背上的孩子，一边问：

"姐，听说你一直给人当保姆。那你应该挣了很多钱吧？"

"挣的钱做衣裳穿了，买鞋子穿了。"[261]

堂妹从背上把孩子放下来，解开上衣的纽扣，给孩子喂奶。

以前她总想着，死也要做家里的鬼。可在故乡的家里，她是个多余的人。哥哥在碾坊做工勉强养家糊口，嫂子只能做大麦米稀粥给家里人吃，因为实在没有东西可吃。哥哥从不直视她的脸，她不在的时候出生的那个妹妹回老家的时候，看到过她。她站在柿子树下面，妹妹愣愣地看着她。已经嫁人的妹妹们说会来看她，但一直没来。

她经常在酱缸台那里转悠，并抚摩着酱缸。曾经妈妈就是舀了水放在那里祈祷的。

河边，她是躲得远远的。

一天，她看到村里的男人们拖着一条黄狗去了河边。狗那布满血丝的眼珠牢牢地盯着她。在前往偏远地区军营慰安的途中路过的中国村庄，叼着少年尸体的狗也是黄色的。

烧狗的腥臭味从河那边吹了过来。腥气里面，有冬淑姐被烧毁的时候散发出的味道。

嫂子从河对岸的娘家回来后说：

"江面上结了薄冰呢。"

她抬头望向河的方向,河堤上停着一辆挂着黑色帐子的卡车。那五六个女孩坐的车也是一辆有黑色帐子的卡车。十二年前,她像鸟一样飞进来,落在了女孩们面前。

"卡车为什么停在那里?"

"卡车?那里除了牛什么都没有啊。"

"牛?"

"就是山沟里的德寿叔家的牛啊。"

在她的眼里,牛就像一辆卡车。她走进厨房,拿着锄头和箩筐出来了。

"要去挖什么吗?"嫂子问道。

"荠菜。"她说。

"冬天还没过完,难道荠菜已经长出来了吗?"

她踩着稻茬走进了稻田。她用锄头写了个"地"字,然后抬头仰望着天空。

荠菜长出来的时候,她离开了老家。对哥哥来说,少一张嘴就能减轻很大的负担。在晋州有钱人家当保姆的堂妹回老家时,把她介绍到了晋州一个银行职员的家里。[262]

在邑里见到了婶婶,婶婶问她:

"你去哪儿?"

"去当保姆。"

"你想一辈子当保姆,然后老死吗?女人就应该嫁人,然后生个一男半女啊!"

这次是自己要离开的,可她却觉得像是被强行拉到陌生的地方。即将迎来三十岁的她,身上穿着一套正装裙,脚上穿着皮鞋,头发烫过,别着发夹。

虽然她活着回来了,但没能保住户籍,因此她还是个死人。兄弟姐妹没有一个人急于恢复她的户籍,再说这也不是马上就能解决的事情,于是一天天拖了下来。[263]

*

哥哥应该知道她去了哪里。和着急上火的姐妹们不同,哥哥一次也没有说过叫她嫁人。时隔十二年后重回到家里,过完秋天和冬天,她又要去当保姆的时候,哥哥对她说:

"光是活着回来就谢天谢地了。"[264]

过完八十一岁生日,哥哥在一片麻地里结束了自己的生命。麻地主人发现的时候,哥哥的头埋在田埂里,距他二十几步远的地方滚着一个农药瓶。他死前可能挣扎得很厉害,指甲缝里都结满了血痂。

哥哥喝下农药痛苦地挣扎的时候,荠菜、野蒜和艾草在嗖嗖地往上长。想到这里,她感觉心情很奇怪。

已经活了八十年,但死活都不愿意再多活一天了吗?一天都不想再活下去了吗?

她还想,她在慰安所的事哥哥连对嫂子都没说,他可真是个狠人。

某一年祭祀父亲的时候,一无所知的嫂子若无其事地对她讲述了自己六寸姐姐辈的一个人的故事。

听说她也被抓去做过慰安妇。

"大冬天的冒着雪出门,鞋子也不知道穿,兄弟姐妹们把她送进了清凉里精神病院。"[265]

嫂子还说自己也看到过那个叫金学顺的女人在电视上哭。

"好像有人说,那些参加过挺身队的女人在日本做生意了?"[266]

嫂子把慰安妇称为挺身队。

"生意?"

"卖身的生意呗,还能是什么生意。"

"如果是那样的话,她就不会在电视上哭成那样了……"

"听说妓生们也跑去赚钱了。"

在"满洲"慰安所,或许也有妓生出身的女孩,也有像香淑一样券番出身的女孩。香淑以为自己要去的是像餐馆一样的地方,她做梦也没有想到在这里一天要接待十名、二十名军人。

"女人们怎么可能自己往火坑里跳呢?"

"火坑?"

"十二岁的孩子能知道什么？"

"还有十二岁的孩子？"

正在往冻明太鱼脯上抹面糊的嫂子眼睛瞪得溜圆。

"那么小的孩子知道什么……大人骗她说能挣到钱，所以什么都不知道就乖乖跟着去了。"

她怕嫂子看出自己去过慰安所，不再说话，闭上了嘴。

香淑活着回来了吗？香淑的日本名字是百合子，这也是死去的己淑姐的日本名字。己淑姐死后没过多久，哈哈对欧多桑带来的香淑说：

"从今天起，你的名字叫百合子。"

哈哈把死去女孩的名字送给了新来的女孩。就像把死去女孩身上脱下的衣服穿到活着的女孩身上一样。

没能从战场上回来或致残了的军人不计其数，但爬到女孩身上的日本军人却没有减少，反而增加了。福子姐即使躺在房间里也能知道日本军人正从哪个方向过来。"东边来了很多军人。"然后真的有很多军人从东边过来了。

不仅从东边，从南边、北边和西边都拥来了日本军人。日本军人的人数以惊人的速度增加了数百、数千人的同时，女孩的人数只从三十二人增至三十九人，仅仅增加了七人。

接待了将近七十名军人[267]的第二天，她拿着装了避孕套的铝桶去盥洗室，看到香淑一个人在洗避孕套。她在离香淑远一点的地方坐了下来。下面像被刀割了一样刺痛不已。虽然想小便，但一滴都尿不出来。来过自己身上的军人，她一直数到了六十八。

香淑瞟了她一眼，但她装作不知道。香淑没有对她做过特别过分的事，但她总是和香淑保持着距离。因为每次看到香淑的时候，她就会想起带着"百合子"这个日本名字死去的己淑姐。每次哈哈或日本军人叫百合子时，她都觉得他们是在叫死去的己淑姐。

她正要把铝桶翻过来，倒出里面的避孕套时，香淑对她开口说：
"没看到你来吃早饭，没能起来吗？"
"……"
"我那里还有隆史留下的罐头，饿的话拿给你吧。"
隆史是偶尔来找香淑的日本军人。
香淑洗完自己的避孕套，朝她走过来，把散落在她脚前的避孕套洗好装进铝桶。
"隆史说，有的日本军人也很可怜。"
香淑一边洗着避孕套一边同情日本军人。她对此无法理解。
"听说，有的日本军人也是像我们一样，和父母兄弟生离死别，舍命来到'满洲'。昨天我哭着说想妈妈，他对我说，不能死……无论如何都要活着回到有妈妈在的朝鲜……"

在"满洲"慰安所七年的时间里，到过她身上的日本军人大概有三万人。这三万名军人中，没有一个人对她这样说过——不要死，无论如何都要活着回到祖国。

*

背靠着里屋窗户坐着的她手里拿着一部黑色翻盖手机。她像是不知道这个东西的用途一样，用手抚摩了一会儿，才掀开翻盖。液晶屏幕像墨一样黑。她用大拇指按下电源键，伴随着一阵音乐声，屏幕亮了。

她以为自己早就把哥哥家的电话号码忘得一干二净了，结果她还记得。她用大拇指用力按下数字键。

一阵叮咚声连续响了起来，是接收信息的声音。一条，两条，三条，四条。这是她关机期间没有收到的信息。

她急忙关掉手机电源。手机一直关机，是因为除了哥哥和妹妹们以外，她没有告诉任何人自己的号码，但总是有不认识的人突然给她的手机打来电话。每次接到这样的电话，她就像躲起来被发现了一样，感到极度恐惧。

想起为恢复户籍而吃尽的苦头，她就觉得心累。恢复消失了三十年的户籍并领取到居民身份证的那天晚上，她心里想着，今晚就算死了也不怕了，然后松了一口气。没有户籍的尸体即使死了也是个问题，既不能随便拉到一个地方埋起来，也不能拉去火葬场火化。

居民登记上的出生年份和日期也与实际不符。她的爸爸在她出生一年后才进行出生申报，居民登记显示她出生在十一月，但她的妈妈说她出生在阴历的六月初一。妈妈说生下她清醒过来的时候，晨光照亮着窗户纸。

想到因为没有进行迁移申报，重新领取的居民身份证很可能被注销，她难过极了。

她总觉得这个世界上只剩下自己了[268]，于是很想有一个自己的女儿[269]。

在釜山当保姆的时候，有个小伙子追求过她。原本见到男人就会心惊胆战，可如果能生个孩子，她就打算今后和那个男人一起过日子，像别人那样生活，所以她去妇产科做了检查。妇产科医生没有对她说别的，只是说她的子宫转到了一边[270]，很难生产了。她实在无法说出自己去过"满洲"的事情，于是瞒着小伙子偷偷离开了釜山。

她不到四十岁就绝经了。[271]

快要闭经的那段时间，下身就像整个要掉下来似的沉重、肿胀不堪。由于站着洗碗都困难，她只能辞掉保姆的工作。下身开始肿起来以后，她既弯不下腰也伸不直腰。她煮南瓜吃过，炖鲤鱼吃过，也去中药房开过药吃，可都不见好转。听说瓦片有用，她找来碎瓦片，用它给小腹热敷，但也只能管用一阵而已。只要电视上播出打架的画面或听到枪声，她就吓得浑身发抖，然后赶紧换频道。

她听到人唱歌也觉得吵，玩什么都不喜欢，什么都觉得讨厌。²⁷²

听人说庆山河阳有一家用热敷治疗女性疾病的地方，她没多想就打听着去了，在那里待了三个月。他们在火炕上撒上粗盐，铺上厚厚的一层松叶，再盖上草袋，让人躺到上面，从头到脚再盖上草袋。火炕要烧一整天，直到烧得滚烫滚烫的，到了晚上才让人出来。如此进行热敷的第五天，她身上的肉皮开始四处剥落，随之渗出了黄色脓水。

除了她以外，那里还有一些其他的女人。她觉得其中一个也和自己一样，曾是慰安妇。那个女人的故乡是蔚山，但她不说庆尚道方言，而是首尔话、江原道话和日本话夹杂着说。那个女人经常叹息着给她讲自己的故事，说自己小时候去日本赚钱，后来身体不中用就回来了。虽然在别人眼里看起来好好的，但浑身上下没有一处是不难受的。

"我什么罪过都没有，却每天都觉得被人追着。即使一个人静静待着，心脏也会跳个不停。这个时候就觉得，至少要喝一碗米酒啊，真的感觉要死了。不知从什么时候开始，米酒成了晚饭。我走在路上，用拳头捶打着胸脯，天妇罗工厂的女人说，我这是郁火病①。"

在首尔二村洞一家世代开中药房的人家里当保姆的时候，那家

---

① 因心情抑郁，肝功能受阻，出现头痛、胸闷气短等症状的病。

的老头闲着无聊就给她看了生辰八字。老头在药房里不仅给人看脉，还会看面相和生辰八字，然后再开药。老头经常让她在中药房跑腿，有一次问了她出生的年、月、日和时、分。她说她只知道是阴历的六月初一，天刚刚亮的时候。那时她的年龄已经五十多了。老头说她是卯时出生的，为人虽然不懂得变通，但是很真诚，而且母爱深厚，就算是丈夫在外面的非婚生子女，也会像自己的孩子一样去疼爱。

她心里反问，既然这样，那为什么自己一个孩子也没有呢？既然天生母爱深厚，至少应该有一个能够享受母爱的孩子才是啊！母爱和儿女福难道是两码事吗？那样的话，没有儿女福的母爱就不是祝福，而是诅咒吧？

她也怀孕过。那是初潮后不久，她不知道自己怀孕了，是去接受每周一次的例行检查时，军医给她打了一种针，后来从下面掉下了一团血块。

她用眼睛看清了那个血块，是一个人形的血块。

血块从她身体里掉出来的时候，子宫好像也掉出来了。

10

*

去小超市买豆腐的路上,她又看到了挂在排水管上的洋葱网兜。拉长的洋葱网兜里装着一只小猫。石板瓦屋檐下的排水管已经出现裂痕,用手一碰似乎就会像威化饼一样碎开。

不过半个月的时间里,她已经看到有六只小猫被抓进洋葱网兜,摇摇晃晃地挂在半空中。老人在十五区只要看到小猫就会抓起来。

是同一只猫妈妈生下的小猫吗?洋葱网兜里的小猫的毛是褐色的,前一天在巷子里看到的小猫的毛也是褐色的,蝴蝶的毛色也是褐色的。

洋葱网兜从排水管上长长地低垂下来。只要她下定决心,完全可以打开洋葱网兜把小猫放出来。

但是,她怎么都不敢。

*

她一边将视线固定在饭桌对面的电视上,一边用勺子翻动着砂锅里的大酱汤。今晚吃的是放入切片豆腐的大酱汤,以及白菜泡菜。

电视上，非洲女人没有火柴和打火机，用石头、树枝和干草点火。这个十七岁的女孩已是三个孩子的母亲。

小四岁的妹妹来到了女孩家里。小姑娘的眼睛像糖果一样大，她在放学回来的路上被拖进草丛里，遭到了五名叛军的轮奸，身体受伤严重，甚至出现了脱肠，已经接受了四次手术，但至今仍不能正常行走。在女孩娘家的村子里，除了妹妹，受到强奸的女性多达数十人，有的还在怀孕期间被强奸。娘家村庄那一带，政府军与叛军之间的战争已经持续了数十年，叛军为寻衅滋事，常常袭击村庄、强奸妇女。

带着一脸恐惧的表情站在门边的非洲女孩说：

"我不知道他们为什么要对我做那样的事。"

一个肤色和自己不同的非洲女孩说出了自己想说，但又不知道该怎么说，因此沉默至今的话，她感到既惊讶又感慨。

这时，屏幕上的画面变换，只见非洲女孩正在读书。女孩的梦想是成为一名教师。她觉得女孩就是自己。女孩放学回来的路上在草丛里遭遇的事情，和"满洲"慰安所女孩们遭遇的事情并没有什么不同。

她很清楚战争是多么可怕。在釜山那家澡堂做了四年保姆，终于能回老家了，结果途中爆发了"朝鲜战争"。

每次想到"朝鲜战争",她就会想起那个死婴。那时她被蜂拥而至的难民裹挟着四处流浪,偶然间她看到两个婆媳模样的女人走进一片撂荒地,扔掉婴儿后又出来了。见两个女人慌忙钻进难民群中,她走进地里,发现婴儿浑身冰冷,已经死去。她抱着婴儿在撂荒地里蹲了很久。婴儿像是马上要活过来似的。她抱着死婴从地里走出来,跟着难民们一起走,看到那片南瓜地后,才如梦初醒。满是磨盘大小的南瓜地里,中弹身亡的军人不计其数。子弹穿透军人身体时,鲜血四溅,地里的南瓜看起来像猪肝的颜色一样红。她不能一直抱着婴儿,只好把婴儿扔进南瓜地里。[273]

电视屏幕突然一片漆黑。卧室、檐廊的日光灯和厨房里的灯同时熄灭了,冰箱也停止了运转。

所有的一切都发生在一瞬间。

她想,自己的肉体是不是也会这样,在一瞬间就戛然而止呢?

她伸向砂锅的勺子停在半空,静静地等待着。直到双耳适应了沉默,直到双眼适应了黑暗。

有种世界末日的感觉,但像核桃壳那样包裹着自己的黑暗并没有让她感到特别害怕。小时候,她以为人类最怕的是黑暗、干旱、洪水等自然灾害,十三岁以后她知道,对人来说,最可怕的是人。

她翻找着电视柜抽屉,找出一支白蜡烛和一个火柴盒。她摸索着划下火柴,凑到蜡烛芯上。

挂在烛芯上那微微痉挛的辣椒叶大小的火花，就像留给自己的最后的火花。

她担心这最后的火花会熄灭，内心忐忑不安，但还是拿起蜡烛——照亮饭桌和里屋的各个角落——苏子叶菜盒、砂锅、勺子、透明的塑料水杯、窗户、衣柜、镜子、天花板。

照到电视机附近的时候，她吓得身子一个激灵。那一瞬间，纸面具看起来就像活着的人脸。

蜡烛芯上的火花晃动着，一缕细线般的黑烟缓缓升起。她把拿着蜡烛的右手最大限度地向前伸着，去照配电盒。烛光里可以看到断路器、黑色的电线和电表。

果然又跳闸了，这种情况已经不是一两次了。配电盒断路器的开关有时会自动跳闸。因为不知道什么时候会跳闸，所以她没法防备。而且她对电一无所知，因为她出生的时候，老家还没有电。直到十三岁离开故乡的那一年，村子里还是没有通电。当知道电不仅会在电线里流动，还会流到其他东西上之后，她便很害怕电。她一个一个地回忆着那些能导电的东西——钉子、硬币、金戒指、银戒指、铝锅、金属汤勺、铁锅、铁丝、金属筷子、水……人。

她早就和电表检察员反映过配电盒的问题，对方说配电盒太旧了，需要整体进行更换。对方还吓唬她说，如果运气不好发生短路，会把房子烧成一堆灰，然后就要介绍自己熟悉的电工给她。电表检察员的过分亲切让她感到有负担，而且要那样做的话，好像应该先和平泽的外甥商量一下，于是她谢绝了。她总觉得，不必整体更换配电盒，也能修好断路器开关。

她双脚踩到了一直放在配电盒下方、经常在澡堂里用的凳子上面。她踮起脚，把手伸向配电盒。她的手碰到了断路器的开关。

*

洗完碗，用水桶接水烧水。不等水开，她关掉煤气灶，用水瓢舀出桶里的水，倒进红色的橡胶盆里。

把厨房门上的门环扣紧。

脱下象牙色的衬衫，整齐地叠好后放到保温锅的旁边。艾蒿色的百褶裙也脱下来，整齐地叠好后放在衬衫上面。脱下白色的袜子，身上只剩下内衣。她又检查了一遍厨房的门是否锁好，这才脱下杏色的内衣。脱掉肥大的人造丝裤衩，现在身上只剩内裤和胸罩。她将手臂伸到后面解开胸罩，明明周围一个人都没有，她还是用手捂着胸部，然后脱下了内裤。

有时候她觉得，即使穿了一层又一层的衣服，也像一丝不挂地站在马路上似的。好像露着下身，躺在冰冷坚硬的地面上。

她进到了橡胶盆里，折起膝盖靠到胸前坐着。水快要漫出橡胶盆了。

所有的感觉似乎都游离在身体之外。

她用手掬起水轮流浇在自己的双肩上。和"满洲"的水相比，这些水简直是绸缎。在"满洲"慰安所生活的那些日子，她是那么想念家乡的水。以前她一直以为世界上的水都是一样的。但事实是，如果用"满洲"的水洗一次头，头发就会变得跟枯柴似的。[274]

她用放了盐的水洗下身。从"满洲"回来后的十多年里，下身痒得让她快疯掉了，有时走着路都会钻进巷子里挠下面。[275] 不管在厨房洗米，还是在院子里洗衣服，她常常会跑进厕所一直挠到内裤上沾满血。挠完以后再小便，下面就像被蜜蜂蛰了一样刺痛。[276] 晚上要用烙铁一样热的水烫一烫下面才能勉强入睡。

如果下面是手指，恐怕她早就把它们砍掉了。

用毛巾擦着下身，她突然被吓了一跳。沾在稀疏的阴毛上的那些细小水滴乍一看好像阴虱。

洗完澡她还是觉得自己很脏。

听说，那个叫金学顺的女人的丈夫当着孩子的面骂她是"臭婊子"。

继续擦干身上的水汽，换上新内衣。内衣全是白色的。她每天都换内衣，每隔三四天换一次外衣。她精心地修剪自己的手指甲和脚指甲，吃完饭一定会刷牙。因为她始终担心一件事情，那就是不知道自己会在何时、何地死去，也不知道死后会被谁发现。她希望自己死去的时候样子是整洁的。无论第一个发现自己尸身的人是谁，她都希望对方触碰自己的时候不要觉得脏。

如果可以，她想死在这个洋房里。在自己用过的这些家具和物品的注视下咽下最后一口气。

在自己家里死去的人会有多少呢？小时候她以为只有动物才会死在不是自己家里的地方。但人也和动物一样，光她的三个妹妹就都不是死在自己家里。她们一个死在医院里，另外两个死在疗养院里。

她很好奇谁会最先发现死去的自己。是平泽的外甥吗？她宁愿被素不相识的人发现。

午夜过后的深夜，电视上播放着最后一位幸存者的影像。伴随着哀伤的音乐开始的这段影像，十多年前在电视上曾经播放过。二百三十八人里，不断有人离世，只剩下四十几个人的时候，电视上开始连日报道慰安妇的新闻，并以特别节目的形式播放慰安妇们的日常生活。住在议政府①的时候，她一整天都开着电视。哪怕在给项链贴标签的时候，只要一听到电视上说慰安妇，她就会赶紧朝着电视机的方向抬起头。做过慰安妇的女人在电视上讲述着慰安所是什么样的地方，这期间她一直紧闭着嘴。她们讲述的，是她不想对任何人说起的那些话。

她一集不落地看完了那些做过慰安妇的女人的日常生活。她很好奇，那些和自己有着同样经历的女人是怎么生活的。

---

① 位于韩国京畿道的城市。

知道是重播，她有点失望。她很想知道，那个人现在是怎么生活的，和谁住在一起，住在哪里，行动是否正常。

虽然心里在抱怨，大半夜的怎么又开始播放很久以前播放过的影像，但她还是来到电视机前坐下了。

……那个人也像她一样一个人生活。镜头切换着她家里的地板、厨房和房间。虽然是小小的联排住宅，但并不觉得拥挤。所有的东西似乎都有属于自己的位置。客厅窗户的淡绿色窗帘梦幻般轻轻地飘动着。

屏幕上，那人坐在褐色的布沙发上，看起来像一幅画。她穿着芥末色毛衣和灰色毛料裤子，脚上穿着一双草绿色的室内鞋，身材瘦削，腰杆很直。屏幕上像证件照一样映出她那五官端正的脸，人中很长，看起来非常刚毅。一头显眼的白发都梳到了脑后，露出圆圆的额头。

那人说：

"我喜欢花。"[277]

客厅窗户下，黄色的野菊花和兰花挨挨挤挤。那人像抚摩孩子一样抚摩着菊花，她的手经过的地方，菊花不住地摇曳着。

"不只是喜欢花，还喜欢电视剧，喜欢狗，喜欢猫，喜欢切糕，喜欢红豆粥，喜欢咖啡。知道我为什么有这么多喜欢的东西吗？因为我不去想我不喜欢的东西。"

那人起身去了厨房，给事先洗好晾干的桃子削皮。

"人不能没有活着的理由。就算活一天,也要有个理由。那些花也算是理由。我给它浇水,它就不会枯死,到了时候就会开花。就算是为了浇水,我也要打起精神,勤快一点儿。"

虽然一个人住,但那人一直卡着点吃饭。即使只有一道菜,也要摆好饭桌吃饭。

餐桌上也放着一小盆仙人掌。

"在那么多刺中间开着花,你不觉得很神奇吗?"

像倒扣的饭碗一样的仙人球中间开着一朵橘黄色的花,很多白色的刺密密麻麻地包围着它。

"既可爱又可怜……这朵花就像我一样。"

餐桌和那人的对面坐着一个从电视台过来的女人,大概三十岁的样子。女人小心翼翼地问起她为什么没有结婚。

"说真的,我是从妈妈干干净净的身体中生出来的,可我从那里回来后,身子已经脏了,怎么结婚呢?结婚是为了毁掉别人的一生吗?要结婚就得瞒得神不知鬼不觉,怎么能那么做呢?我得的是非常严重的病,虽然治好了,但一到春秋季节还是会痒得难受。"[278]

那人用叉子叉起一块桃子送进嘴里。

"桃子真甜啊。别光问,你也吃吧。"

那人靠卖饭为生。

"一开始没人知道。我进行了慰安妇申报,上了电视以后才都知道的。在那之前没有人知道,他们都吓了一大跳。我做过慰安妇的事传开以后,奇怪的是,人们都开始和我保持距离,和以前不一样了,所以就不做生意了。"[279] 知道我做过慰安妇以后还和我做朋友的人,那才是真的朋友啊。"[280]

那人的乐趣是看书。邻居搬家时扔掉了一套"世界全集",她拿来开始阅读,随之便陷入了书带来的乐趣之中。连学校操场都没去过的她,三十岁的时候自己学会了韩文。

那人走进里屋,拿着一本书出来了。

"书是《复活》,是苏联人写的小说。已经在读第六遍了。"

那人走到褐色的布沙发前,找位置坐下,又拿来放在沙发旁的小桌子上的老花镜戴上,然后低声读了起来。

"尽管好几十万人聚集在一块不大的地方,而且千方百计把他们居住的那块土地毁坏得面目全非;尽管他们把石头砸进地里,害得任何植物都休想长出地面;尽管出土的小草一概清除干净;尽管煤炭和石油燃烧得烟雾弥漫;尽管树木伐光,鸟兽赶尽,可是甚至在这样的城市,春天也仍然是春天。太阳照暖大地,青草在一切没有除根的地方死而复生,不但在林荫路的草地上长出来,甚至从石板的夹缝里往外钻,到处绿油油的。桦树、杨树、稠李树生出发黏的清香树叶,椴树上鼓起一个个正在绽开的花蕾。寒鸦、麻雀、鸽子像每年春天那样已经在欢乐地搭窝,苍蝇让阳光晒暖,沿着墙边嗡嗡地飞。植物也罢,鸟雀也罢,昆虫也罢,儿童也罢,一律兴高采烈……"①

那人从书中抬起眼睛对电台过来的女人说：

"尽管好几十万人千方百计把这一小块土地变成不毛之地，但春天的绿芽却在萌发，鸟儿们也回来了，多么让人着迷啊。一开始读到这里的时候，我哭得不知多伤心。我以前不怎么爱哭的……"

那人向对方微笑了一下，继续读了下去。

"上帝为造福众生而赐下的这个世界的美丽……"

到了晚上，那个人又成了一个人。她躺在有着艳丽刺绣、像布满紫色花纹一样的被子里，像在等待着谁一样，开着台灯。但是，没有人来到那个人的身边躺下。就像没有人到她身边躺下一样。

*

铺被子之前，她用抹布仔细地擦起了地板。本想钻进被窝躺下，最后她又去了檐廊上。

来到檐廊的推拉门前，她屈起双膝坐了下来。推拉门的磨砂玻璃微微颤动着。

打开推拉门，寒气逼人的冷风就像性急的孩子一样扑进了她的怀里。她把手伸到檐廊下拿起鞋子，环视了一圈檐廊，最后藏一般地放到了垃圾桶后面。如果蝴蝶再叼着死喜鹊回来，看不到自己的

---

① 本书中《复活》译文引用自汝龙译《复活》简体中文版，人民文学出版社 2008 年版。（编注）

鞋子,说不定就会把死喜鹊再送回去。

她来到被窝里躺下,却怎么也睡不着。拒绝了改衣店女人打算托付的狗,她心里总觉得不太得劲。年老生病、不能再生小崽的狗,不知改衣店的女人会怎么对待它。不知为什么,她总觉得,狗的命运由一个人来主宰是很不应该的事。

*

自从睡觉的时候把鞋子放进檐廊里头,蝴蝶就不往这里送东西了,也没有任何人来找她。平泽的外甥、电表检察员、水表检察员,都没有再来找过她。她没有等过任何人,可谁都不来了,她又有些不安。

11

*

她以为是平泽的外甥来了,在厨房洗着碗急忙来到了院子里。

一个看起来与外甥年龄相仿的男子说,自己是从洞事务所过来的。他穿着深蓝色的夹克和浅灰色的西裤,手里拿着一个类似于账簿之类的东西，黑色的皮鞋看起来格外闪亮。

男子解释说，目前洞事务所正以十五区一带的住宅为对象，对实际居住者进行大规模调查。

"实际居住者？"

"就是不是虚假的居住者，而是真正的居住者。"

她一时无法理解男人的话。还有虚假的居住者吗？虚假的居住者是什么意思？

"因为有些人只是迁移了居民登记，但并没有真正地过来住。他们为了取得公租房的入住权或转让权，只进行了居民登记迁移申报。这些人真是让人头疼死了。"

几天前，她从改衣店的女人那里听到了一个奇怪的传闻。据说，市里和区里就十五区一带的再开发方式没能达成协议，因此开发项目被取消了。拖了七年之久的开发项目一夜之间化为泡影，土地所有者们自发成立了组织，正在推进民营开发。不知道平泽的外甥眼热已久的公租房入住权会怎么样，为此她担心得觉也睡不好。

男子环顾了一下洋房，问她：

"老奶奶您一个人住在这里吗？"

"不是……我外甥住这里。"

她按照平泽的外甥反复交代的那样回答道。

"外甥？"

"外甥夫妇……我不住在这里。"

她摆摆手。按照外甥交代过的那样撒谎说,外甥夫妇去了女儿家,他们的女儿已经结婚了,现在在中国上海,他们过去顺便旅旅游,自己是在帮他们看房子。一想到自己在说谎,她有些不敢直视男人的眼睛。

"因为房子不能一直空着……"

"那老奶奶您家在哪里?"

"在釜山……"

她不知不觉咕哝了一句。

"釜山?釜山哪里?我岳母家也在釜山,所以比较了解那边。"

"我……住在釜山。"

"老奶奶您可真是,釜山那么大,是釜山哪里呢?"

"在镇市场旁边……"

她流落到釜山给人当保姆的那家澡堂就在镇市场附近。

"镇市场吗?我开车的时候很多次经过那里。我岳母家就在离市场不远的地方……所以外甥夫妇什么时候回来呢?"

"什么时候……"

"不是说去女儿家玩了吗?又不是永远待在那里不回来了。"

"这个……大概半个月以后吧。"

男子翻开账簿一样的东西,不知在写什么。

"你在写什么?"

"没什么。"

"……什么?"

"外甥夫妇回来的话,您就要回釜山了吧。"

"……是啊。"

关上大门,刚要去厨房又停住了,她反复仔细打量着这个家。这不是她的家,但她住在这里。虽然不是她出生时的家,但有可能是她死亡时的家。

每天早晚她都像清洁自己的身体一样打扫、整理这个家,但是为了不留下自己生活过的痕迹,她格外小心。

她从未在墙上钉过一颗钉子。

*

她怕洞事务所的人再过来,连院子里都不敢去。

家里就像没人一样,鞋子放到檐廊里面,檐廊上的推拉门紧闭着。

外甥已经一个多月没来过了,这让她有些不安。本来她就隐隐有些担心外甥会不会有什么事。如果不能获得租赁住宅入住权,就没有理由继续维持租房合同。她不知道自己是不是应该马上找一下出租的房子,可这样的话就需要有居民身份证。

住议政府之前,她在水原租了一处保证金[①]三千万韩元的房子。

[①] 即"全税房",韩国的一种租房模式。向房东交付一定金额的押金后,租房者获得一定时间内的房屋免费使用权,期满还房时,房东将押金全额退还给租房者。

那是一处多住户住宅，除了她以外，还住着其他六户人家。因为房主将房子抵押给银行后潜逃了，房子最终被拍卖。本以为能把租金要回来，可得知租房者中只有自己被排除在拍卖贷款偿还对象之外，她受到了很大的打击。与自己处境相同的租房者们只顾着争取自己的租金，没人向她提供过任何信息。她想，如果自己不是一个人生活的老太婆，邻居们就不会那么瞧不起自己了。她过得小心翼翼，可人们还是能神不知鬼不觉地看出她是一个没有丈夫和孩子、独自生活的女人。

如果说她有什么希望，那就是不要被别人看不起。她希望自己不要给别人带来任何麻烦，安静地活着，然后死去。[281]

关上衣柜抽屉，转过身时，她的手里拿着一个黑色的长款钱包。她打开钱包的拉链，把里面的东西一个一个地拿了出来，像展示似的放到地板上。

新村金库存折、木质印章、居民身份证、用黄色橡皮筋缠起来的一万韩元的钱捆、玉戒指。

她逐个看着它们，就像看着无人认领的失物。

她拿起存折一张一张翻着。一张，两张，三张，四张。自己攒了一辈子的钱都在这里面，这让她感到不可思议。自己可以依靠的只有存折里的钱，这一事实让她既悲伤又陌生。

她很清楚里面有多少钱，却还是反复确认着存折里面两千万韩元多一点儿的那个金额。如果在水原没有让那三千万保证金打水漂，现在也不会这么茫然。如果当初借给大妹妹的钱及时收回来也好。妹妹们急着用钱的时候经常从她这里借钱。她一直做保姆，而且是一个人，她们猜她一定攒了不少钱。她们不知道，她借给她们的钱是她中途取出的定期存款，为此她损失了很多利息；她们也不知道，为了攒这些钱，她从不舍得买一件像样的冬季外套，也没买过一瓶营养霜擦脸。

过了六十岁，没有人家愿意再找她当保姆，饭店里的活儿也不太好找。最后她开始做给项链贴标签的活儿，一整天都蜷坐在那里干活儿，结果身体消化系统也变得不好了，手累得几乎拿不动汤匙。

她知道自己到死都花不完存折里的钱，但还是尽量节省着花。虽然不知道能活到什么时候，但活着的时候手里一定要有钱。如果外甥把洋房的保证金要回来，自己就得再去找出租房住。

每次电视上出现做过慰安妇的女人，她都很想知道她们到底是怎么过活的。虽然知道了以后心里会很难过，甚至都睡不好觉。这些人有的什么活儿都干过，最后连个像样的全税房都住不上，[282] 有的靠政府提供的生活补助金苟延残喘，[283] 还有的靠副业勉强糊口。[284]

曾经是慰安妇的那些女性大都和她一样，靠给人当保姆、在饭店里干活儿、做点小买卖为生。她知道，也有一些女人出于破罐子破摔的绝望，流落到了卖身的地方。

她坐立不安，在家里实在待不下去了，午饭都没吃就出了门。但是她担心碰到洞事务所的人，不敢在巷子里随便转悠。

走在巷子里，一扇敞开着的大门进入了她的视线。院子里杂乱地散落着一些丢弃的家什，一览无余。

她无法视而不见，于是向着大门走去。她握住生锈腐蚀的门把手，把大门关上。门发出尖锐的声音后合上了，可她一松手，门又开了。她把大门又紧紧关上，如果松开手，显然门还会再次打开，于是她抓住门把手一直站在那里。

即使是空房子，只要大门开着，她都无法视而不见，总是把门关上，然后走开。

这样做，是因为她觉得里面有灵魂。在她看来，特有的氛围和气息、气味就像那房子的灵魂。有的灵魂明亮，有的灵魂寂静，有的灵魂凄凉，有的灵魂意志消沉。

每次关上空房子的大门，她的心情就像是要离开住了一辈子的家。

放下门把手，转过身去，她听到有人叫了声"老奶奶"。她以为自己听错了，把头转向声音传来的地方。

有个男人正对着她笑。还以为是谁呢，原来是电表检察员。

"老奶奶，您怎么在这儿？"

"……？"

"我说您怎么在这儿？"

他反复问着，好像她来到了绝对不应该出现的地方。

"您是在找自己家吗？"

"自己家？"

"自己家！"

"不是……"

她轻轻地摇头。

"您家不是在那边吗？"

他用手指着她的肩膀后面。

"……那边？"

"那边！"

"……"

"怎么啦？您不知道吗？要我送您回家吗？"

她想，自己都不知道在哪儿的家，他怎么会知道，于是闭嘴不言。

因为在巷子里偶然遇到了电表检察员，她怀着被人追赶的心情走在巷子里，突然有什么东西掉在了她的脚前。她抬头望向天空，一只在石板瓦屋顶上徘徊的鸽子进入了她的视野。刚才落在她脚前的是一枚鸽子蛋。她的眼眸扫过碎蛋壳、蛋清、破掉的蛋黄，变得像池塘一样安静。蛋是自己滚下来的吗？还是鸽子用喙或脚推掉的呢？

*

她觉得洞事务所的人肯定还去过改衣店。那个女人应该很清楚事情的进展。

正抱着狗吃泡菜饼的改衣店女人看到她很高兴。女人说过自己有糖尿病需要吃药,但还是一刻不停地吃着东西。

"洞事务所来的人好像在每家每户调查……"

"洞事务所?"

"说是要进行调查……"

"调查什么?"

"调查实际居住者……"

"我还以为什么呢。是啊,市里和区里一唱一和地说要开发,把在这里安安稳稳生活了几十年的人全都赶走,现在又说无法负担项目费用,推给民营开发,真不知道这是在搞什么。"

愤慨的女人把狗放到了地板上,狗像静止物一样蜷伏在被女人放下的地方。她的手无意识地朝狗伸去。

她抚摸着狗,嘴里传出梦话一样模糊的声音。

"可怜的小东西……"

"可怜吗?"

女人接着问道。

"用这小小的身体生了五十只小崽啊……"

"可怜也是人可怜,狗可怜吗?"

"人?"

"人多可怜啊!根本没个头儿啊!要拼死拼活地赚钱养孩子,还要帮子女成家立业。可就算这样,子女们理解吗?父母老了生病了，十有八九会把父母送进养老院。"

这时，老头和儿子从巷子里走过。注视着推拉门后面巷子的女人心不在焉地嘟囔着：

"前几天也不知道被什么气着了，用头撞墙呢。"

"谁？"

"那老头的儿子呗。老头怎么劝都压不住火，儿子撞得脑袋都流血了呢。傻子一旦犟起来，十头牛都拉不回来。老头现在就是去拉个屎也像影子一样带着儿子，有一段时间他可是亲手扔掉了自己的儿子呢。"

"扔掉自己的儿子？"

"已经是三十多年前的事情了……他喝得酩酊大醉，哭着闹着到处说自己的儿子不见了。小区里的人都异口同声地说不是不见了，是被他扔掉。他一个孤寡老头养孩子实在是太辛苦，所以去别的地方把孩子扔了，回来后撒谎说弄丢了……他儿子不见了的那一天，有人说看到过老头一大早便带着儿子出了门。一个孤寡老头自己不中用就不中用吧，再带着一个更不中用的儿子生活，哪有那么容易？"

她想，如果是自己会怎样呢？相信老头说的儿子不见了的话吗？还是会怀疑老头抛弃儿子后又谎称弄丢的呢？

"以前老头和一个比自己足足小十岁的女人一起过日子，结果老头出去干活的时候，女人把大小便不能自理的儿子绑在房门的门环上逃跑了。可能是想趁早改变自己的命运吧。丈夫年纪太大，儿子又是个白痴，所以趁年轻赶紧另谋生路，这才是上策……不管怎么样，丢了三个月还是四个月后老头找到了儿子，把人带回来了，当时也是说什么的都有。有人坚持说是他把儿子丢掉后因为负罪感又找回来了，还有人说可能真的是不小心弄丢的……"

"不会真的是故意扔的吧……"

"怎么不会？也有可能是丢掉的啊！也有可能是丢了以后有负罪感，又把他带回来的……有什么事是人做不出来的呀？"

"是啊，人……"

她点点头。

将年仅十三岁的自己于一夜间带到"满洲"的，也是人。

洋葱网兜挂在灰色的大铁门柱子上晃动着。有点不对劲。如果小猫在里面，不会那样轻飘飘地晃动。

她犹豫着走近铁门看了看洋葱网兜里面。网兜里是空的。

有人把手伸进洋葱网兜里，把小猫放出来了。

会是谁呢？是谁把小猫从洋葱网兜里放出来了？

*

她坐在镜子前，脖子上围着蓝色的围布，因为她没能拒绝免费给她染发的首尔美容院女店主的请求。女店主和别人通电话的时候，她愣愣地凝视着镜子里的自己。美容院的椅子很高，她的双脚离开地面悬在半空，再加上从脖子到脚尖都覆盖着蓝色的围布，她觉得自己就像一只鸟，被剥皮后挂在半空的鸟。

打完电话，女店主拿着装有染发剂的碗来到她身边。

八十岁以后她就不再染发了。虽说女人都希望自己看起来年轻一些，但她并不想变得年轻。别人都那么想回到的少女时代，她不想回去。还很年轻的时候她就想快点变老。

"美智子？"

"嗯？"

她闭着的眼睛对着镜子睁开。

"美智子是谁？您不是叫了美智子吗？"

"……我吗？"

她瞪大眼睛看着镜子里的女人。

"叫了五六次呢。"

但她不记得了。想到自己在打盹儿的间隙叫出了"美智子"这个名字，她简直汗毛倒立。

"美智子是谁啊？就像妈妈叫出嫁的女儿的名字一样呢。"

首尔美容院的女店主一边用手不停地涂抹着染发剂，一边向镜子里的她投去怀疑的目光。

"是很久以前认识的女人……"

没办法她只好小声咕哝了几句，眼睛在发颤。

"很久以前？"

"七十多年前……"

"七十多年前是什么时候?"

"她很小就死了,得了恶疾……"

哈哈对不知道陪军人睡觉是什么意思而感到不知所措的她说:"从今天起,你的名字叫美智子。"

她洗完头,重新走到镜子前坐下。像在墨汁中浸泡过一样的黑头发和像干橘皮一样皱巴巴的脸看起来格格不入,很不协调。

她内心埋怨极力劝说她染发的女店主的同时,有些心生怜悯。女店主做了乳腺癌手术,需要定期坐一个多小时的地铁去大学医院接受检查和治疗,这期间她依然给客人染发和烫发,就像是为了清楚地告诉所有认识自己的人,生存是一件多么恐怖和让人发怵的事情。女店主说,住在十五区这里几十年的老主顾们一直来这里染发和烫发,不过听她那语气,有时一天可能连一位客人都没有。

女店主在她脖子上重新围上围布,拿起剪刀。

"我稍微修一下。"

不等她回答,女店主便剪了起来。说的是稍微修一下,转眼间后颈已经空荡荡的了。

她看着镜子,一脸哭相。在"满洲"慰安所的时候,她留的就是像镜子里一样的黑色短发。

女店主去卫生间的时候,她把五千韩元放在桌子上,从首尔美容院出来了。

  小超市的男主人不知去了哪里，女主人独自守着店铺。女人头朝着门槛躺在那里看电视，披散开的头发看起来像假发一样。电视机里传出的笑闹声和鼓掌欢呼声，不知为何听起来那么夸张。

  她从挂在墙上的一捆黑色塑料袋中撕下一个袋子，开始往里面装鸡蛋。她突然有些恐惧，等自己的身体老到连一个鸡蛋都拿不起来的时候该怎么办。她希望自己只活到不能自己洗澡、吃饭、穿衣的那一天为止。

  "一打鸡蛋。"

  她从钱包里拿出三张一千韩元的纸钞放到女人的枕边。女人把手伸向钱柜，摸索着硬币，最后拿出五六个一百韩元的硬币朝着门槛扔了过去。硬币没有落在同一个位置，而是四散滚开，其中一个又滚回了超市女主人的头发边。

  她收回自己伸向女人头发的手，只捡起自己跟前的硬币，走出了小超市。

  她拎着装了十个鸡蛋的黑色塑料袋沿着巷子往上坡走去，来到一处韩屋①的门前，平定了一下有些急促的呼吸。之前她曾把这里的大门给关上过。

  她担心有人在看，于是先观察了一下巷子里有没有人，然后才

---

① 以韩国传统建筑方式而建的房屋。

推开大门走了进去。

她环顾着杂草丛生的院子，最后在落了厚厚一层灰尘的檐廊一角坐了下来。

就这样静静地坐了一会儿，她打开黑色的塑料袋拿出一个鸡蛋，然后把它静静地放在地板的一边。又拿出一个，放在旁边。再拿出一个，放在旁边。

就像母鸡偷偷进来下过蛋一样，她把三个鸡蛋整整齐齐地放在檐廊的地板上，最后走出了韩屋。

于是地板上留下了她停留过的圆形的痕迹，就像橡皮的擦痕。

*

她在背阴昏暗的巷子里看到了死去的小猫。小猫横躺在水泥地上，就像嚼到没有甜味后被吐在地上的口香糖一样。是病死的还是饿死的？小猫的毛色偏偏也是褐色的。

她就像装作不知道洋葱网兜里有小猫一样，装作没看到死去的小猫，径直走开了。

就这样走到巷子尽头，她又像回旋镖一样折了回来，坐在死去的小猫面前。她放下装有鸡蛋的塑料袋，从裙子的口袋里掏出一块手绢。那是一块角上绣着紫色勿忘我的白色棉布手绢，她打开这块自己几年前生平第一次花钱买的、连鼻涕都没舍得擤过一次的手绢，把小猫包了起来。

她不知道世界上有没有神，但她祈求神把小猫带到一个好一点儿的地方。

她不在家里的那段时间出生的三妹妹凡事都要向神祈祷，祈祷孙子能学习好，祈祷烟鬼丈夫能戒烟。

如果可以向神许愿，她只有一个愿望，那就是把自己送回故乡的小河边，回到十三岁的时候。

听到人类终于登上月球的新闻时，她在心里冷笑了一下。就算科技发达到可以把人类送到月球，也没有办法把她送回故乡的河边。

故乡的小河在比月亮还要遥远的地方流淌着。

*

老头的院子里堆满了废弃的电线，几乎看不到下脚的地方。她失魂落魄地走着，不知不觉竟来到了老头的家前面。越过倒塌的围墙可以清楚地看到院子里的一切，以及老头的身影。老头背靠着围墙蹲在地上，面前是一团废电线。电线粗细不一，有的像蚯蚓那么细，有的像鳝鱼那般粗。

老头正在从废电线中抽出里面的铜芯。用水果刀那么大的刀子先剥去电线的外皮，再抽出里面的铜芯，这项工作看起来很不容易。只见他先用左脚压住电线，然后用刀在电线外皮上努力划出一道长长的口子，就像在给鳝鱼开腹。剥开外皮以后，再用老虎钳把里面的铜芯用力抽出来。

老头把刚刚拔出来的铜芯塞进袋子里,再把外皮推到一边,接着他从废电线团中又选择了一根电线,拉到自己脚跟前。

进入空房子里面,在墙壁里搜寻电线,敲碎墙壁收取电线,把收集的电线装进袋子运回院子,剥下电线的外皮抽取铜芯……为了获取铜芯,老头付出的劳动不可谓不艰辛。

她背对着老头转过身去,却吓了一跳。老头的儿子正朝她咧着嘴笑。她慌忙离开了。

她沿着墙边走着,但还是觉得奇怪,于是回头看了看。老头的儿子竟然一直跟着,正对她嘻嘻地笑。

"你认识我吗?"

这句话,其实是她想问神的话。

如果蜂箱里有一万只蜜蜂,这一万只蜜蜂每一只神都认识吗?一万只里面一只不落地都认识吗?她觉得,即使蜂箱里的一万只蜜蜂每一只神都了解,神也不会认识自己的。

"你认识我吗?"

男人点了点头。

她怀着回避神的心情背对男人转过身去。

12

*

潮湿的风吹过她的头发,染发剂的味道扑面而来。后颈冷飕飕的,巷子里只有她一个人。她这才开始担心男人是不是找不到回家的路。

以后老头死了,男人该怎么办?谁给他吃饭、穿衣、洗澡呢?

*

妈妈得病快死了……妈妈死了。

前后相隔一个月的时间,粉善收到了老家发来的两封电报。她再也没有给家里发过电报。

粉善是在和妈妈一起摘棉花时,被日本宪兵强行拉来的。那时候粉善十四岁。

"想带走我的孩子,就先杀了我吧。"[285]

妈妈抓着粉善不放,宪兵用穿着军靴的脚猛踢粉善妈妈的肚子。粉善说自己永远无法忘记妈妈惨叫着在棉花地里打滚的样子。

春姬姐精神正常的时候,就开始找那些在自己疯癫的时候离开

"满洲"慰安所的女孩。

"怎么没看到粉善?"

"她回老家了。她妈妈死了。"

凤爱说。

"也没看到海今啊。"

"海今去绸缎工厂织绸缎了。"

福子姐说。

哈哈"咔嗒咔嗒"地拖着木屐往这边走,春姬姐像念咒一样咕哝着:

"你会遭天谴的!"

十七岁的时候,她做了一个掉牙的梦。她梦到自己的门牙一下子掉了,没有出血。她被吓醒了。她的身边,年老的上尉在呼呼大睡。

"这个梦意味着你们家里有人死了。"

躺在房间里也能知道军人们正从哪里过来的福子姐,经常给女孩们解梦。

"谁?"

"这个嘛……"

二十六岁的福子姐嘴里没有一颗牙齿。

爷爷和奶奶在她出生前就去世了。爸爸说,奶奶是因为没有吃的饿死的。

女孩们很想在梦里见到自己的父母和兄弟姐妹,但又害怕在梦中看到他们。因为女孩们相信,如果梦到父母或兄弟姐妹中的任何一个人,就是家里发生了不幸的事,或有人生病,或有人去世了。

她哭着去了香淑的房间,香淑坐在染头发的药剂前面,她想喝下这个自杀。

"我想起了妈妈的脸,就喝不下去了。妈妈是这么说的,她说子女比父母先死是世上最大的不孝。妈妈加上我一共生了九个孩子,死了四个。有两个是刚生下就死了,还有一个是过了两周岁死的……我上面有个比我大三岁的哥哥,他学习柔道的时候患伤寒死了。哥哥想当巡警,要当上巡警,就得会柔道,所以他白天拉车,晚上就去学柔道。哥哥说朝鲜人还不如日本人的狗。因为日本人给自己养的狗喂饭吃,而给朝鲜人吃的是豆渣饼。如果哥哥当了巡警,我就不会来这种地方了。巡警们是不会让自己的女儿或姐姐、妹妹来这种地方的。"

快到中秋节了。虽然没有手表,也没有日历,但每当快到中秋节的那段时间,女孩们就思乡心切。

连续下了四天的雨终于停了,位于偏僻地区的部队派来了军用卡车。凤爱、顺德、美玉姐、英顺、寒玉姐,还有她,六个女孩登上了军用卡车的货舱。凤爱是第一次去部队慰安。本来是香淑去的,但她的胳膊断了,最后由凤爱替她去。

香淑被日本士兵拧断了胳膊。不知从何时起,隆史再也没有来过。香淑到处打听隆史的消息,但无从得知。女孩们说,隆史可能死在战场上了。香淑哭了,喝醉的日本士兵生气了,骂她不好好接待军人光知道哭,真是晦气。香淑还是无法停止哭泣,日本士兵别过她的胳膊,把它拧断了。

地上一片泥泞,军用卡车的车轮拼命转动时,牛粪一样的泥巴溅到了女孩们的脸上。

军用卡车跑了差不多半天的时间,最后来到一条河边。看起来像木屐一样的木船在河边等着她们。连续下了四天的雨,河水涨得厉害。看到黄色的河水,她一方面觉得害怕,另一方面觉得又能活下去了。

女孩们从军用卡车上下来后上了船。她们在船底坐好后,头像煮熟的章鱼一样一根头发都没有的男人开始划船。他赤裸的上身被太阳晒得黝黑,像涂了墨一样。

她虽然有些晕船,却像过完了一生那般,感到出奇地平静。她多么希望能一直这样坐在船上前行,船到达江水尽头的时候,自己和女孩们的脸一下都变老就好了。

又黄又肿的脸上长着麻点,看起来像豆渣块一样的凤爱叹息道:
"是村子啊……"

她正垂着眼,让逆水而来的微风吹拂在脸上,听到凤爱的话,她把目光投向凤爱指的地方。村子好像很远,又好像很近,仿佛伸手就能碰到。村子整体上是红彤彤的颜色,像梦中的情景一样幽静。

"好像没有人住。"

"应该不会吧……"

"一个人也看不到啊。"

"好像都在睡觉。"

"前几天我梦到自己回了老家一趟,结果家里一个人也没有。爸爸不在,妈妈不在,弟弟妹妹也不在……我背着死去的孩子回去的,结果……"

凤爱轻轻地站了起来,眨眼间跳进了河里。她伸手去抓凤爱裙角的时候,凤爱已经沉下去不见了。这才意识到刚才在自己眼前发生了什么的女孩们对着水面拼命地呼喊凤爱的名字,一直喊到嗓子都能闻到血腥味,可凤爱再也没有浮出水面。停下手中船桨的男人对女孩们摇了摇头,似乎在告诉她们凤爱没有生还的希望了。

日本士兵们把枪口对准了焦急的女孩们。男人若无其事地再次摇起了船桨。

从部队接待完军人回来的路上,女孩们看到了凤爱。五天的时间里一直都在接待军人,女孩们的下身肿胀不堪,骨盆都错了位,一个个缩着腰瘫坐在木船里面。她们的眼窝深深地陷了进去。

"那个……不是凤爱吗?"

寒玉姐说道。

"哎呀,是凤爱啊!"

只见凤爱的腰靠在倒立在河水里的树枝上,脸浮出水面,眼睛瞪得大大的，仿佛一直在那里等待着女孩们来接她。因为灌了太多水，她的肚子鼓鼓的。

女孩们拜托日本士兵们把凤爱拉上岸来。她们每个人捡来一些断树枝，放到一起堆成床的样子，然后把凤爱放到了上面。

顺德哭着用手擦去凤爱脸上的水汽，凤爱脸上的皮肤四处都是裂口，就像被老鼠啃过那样，可顺德似乎一点儿都不害怕，一点儿都不介意。

日本士兵们洒上汽油，点上了火，火苗冲天而起，凤爱的身体被火苗包围了，熊熊燃烧起来。女孩们上了军用卡车，萤火虫一样的火星像在刺绣一样溅到了卡车上。她觉得那就像是凤爱的灵魂，刚伸手要抓住它们，火星却纷纷变黑熄灭了。

她觉得凤爱的死都是自己的错。如果自己当时手伸得再快一些，抓住凤爱的裙角的话……

每当有人在慰安所死去，女孩们都会觉得那是自己的错。

*

像往常一样，她起床后便开始看电视。所幸没有最后那一个人的消息。那个人还活着。

她叠着毯子，深深地叹了一口气。因为她知道，无论是那个人先离开这个世界，还是自己先离开这个世界，或是可能还生活在某处的某个人先离开这个世界，离再无一人活着的那一天已经不远了。

她把脚伸向檐廊下面想穿鞋子,身子不由得摇晃了一下——是一只喜鹊!蝴蝶什么时候来过了呢?院子里哪里都看不到蝴蝶的身影。

她总觉得喜鹊还有气儿,就像那天被欧多桑从房间里拉出来、扔到原野上的后男姐还在喘气一样。

她悄悄把两根手指伸进喜鹊的翅膀根里,那里还弥漫着呼吸一般的温气。

她用双手托起喜鹊,去找改衣店的女人。那个女人应该能知道喜鹊是不是还活着。

改衣店的女人在电视机前摆着圆形的饭桌,正在吃早饭,装了小菜的餐盒直接被摆在了饭桌上,电视机的声音很大,在巷子里都能听到。女人正在用手撕烤的黄花鱼,见她来了就转过上身看向她。

"这是什么?"

女人很是好奇,她怯生生地把喜鹊举了起来。

"哎哟哟,这不是喜鹊吗?"

女人差点被吓晕过去。

"那个,请你帮我看看,它还有没有气儿……"

"天啊!您昨晚得了痴呆吗?一大早从哪儿捡来的死喜鹊啊?"

女人摇了摇头。蜷缩在缝纫机下面坐垫上的狗站了起来,朝着她叫。

她觉得喜鹊似乎还有呼吸,再说也不能随便扔掉,于是她用双手捧着喜鹊,在巷子里走着。

在阳光斜着照下来的巷子里,她突然停下脚步,向着天空举起捧着喜鹊的手。

喜鹊的羽毛在阳光的照射下闪闪发光,就像撒上了一层在"满洲"慰安所时烧过的那种煤球的粉末。

在"满洲"慰安所里,能发光的就只有女孩们的血和煤球。

*

已经九天了,她吃完午饭就走出洋房。心想着也许能碰到那个女孩,她不断在十五区的巷子里徘徊着。但始终没有遇到,就连梦里她也在巷子里徘徊着,寻找那个女孩。她想也许女孩是搬家了,又担心是不是发生了什么事。

她不知道自己为什么要对一个连名字都不知道的女孩那么执着。她一生从未纠缠过任何人,也没对谁产生过感情,[286] 和妹妹们也走得不是那么近。可能是因为有不能说的秘密,见到妹妹们她总是很不自在。碰上大事小事的时候,几年才见一次的外甥们无异于陌生人。因为总是没法在一个地方久住,所以她也没交到什么朋友。

她有时会在得到纸面具的那个巷子里茫然地等着那个女孩。她走到女孩蹲坐着的那堵墙边,背靠着墙坐在那里。已经等了两个多小时了，女孩却没有出现。

今天还是没能见到那个女孩，她带着失望无力地走在巷子里，这时一堆垃圾映入她的眼帘。可能是别人搬家时扔掉的，破旧的家具和物品都散落在一个地方。有电饭锅、平底锅、碗碟、羽毛球拍、童话书捆、洋娃娃。

乍一看，她把橡胶做的洋娃娃看成了刚出生的婴儿。

洋娃娃不知道自己被丢弃了，还对着这个世界做出可爱的表情。她拿起洋娃娃抱在自己的胸前，像哄孩子一样用手轻轻地拍着。

"孩子，你的爸爸妈妈去哪里了？"[287]

"你要和我一起生活吗？"[288]

她对洋娃娃小声说着，然后抬起了头。女孩站在她的面前。

女孩没有看她，而是看着洋娃娃。真的遇到女孩了，她又只想走开。女孩依然穿着上次看到时穿的那件黄色连衣裙。

"你刚放学吗？"

"……"

她想对女孩露出温柔的微笑，但脸部的肌肉僵住了，根本不受控制。

"你住哪里？"

"……"

"你几岁了？"

"十二岁。"

女孩快十三岁了,她感到一阵不安。

"奶奶几岁了?"

"我啊……"

女孩点点头。

"十三岁……"

她神思恍惚地咕哝着。

"十三岁?"

女孩的两颊像青蛙肚子一样鼓起来,爆发出一阵大笑。她放下洋娃娃,慌忙走出了巷子。

她后悔自己不该把洋娃娃丢在那里,心里过意不去。可再去找的时候,巷子里既看不到女孩,也看不到洋娃娃了。

13

*

她一个人躺在那里。

她一个人躺了太久,都不知道到底过去了多长时间。

乌黑的短发又把她带回了"满洲"慰安所那窝棚一样的房间

里。那是七十多年来她一直努力想要逃离的地方。

*

走廊里传来军人们的吵闹声。"是来自大阪的军人。大阪话就像庆尚道话一样吵。"福子姐看到吵闹的军人就会这样说。

门猛地被推开了，一个年轻矮小的军人几乎是被推了进来，脸上写满了懵懂和恐惧。军人把裤子脱到脚踝下，可能觉得裤子脱得太低了，又把裤子拉回到膝弯处。避孕套戴到一半的时候，军人瞟了她一眼，抓住她的头发，像打木桩一样用力地把自己的身体塞进她的身体，然后粗暴地动起来。一下，两下，三下——军人抓着她头发的手越来越用力——四下，五下。军人的脸像点燃之前的火柴头一样烧红起来。

这个军人刚出去，另一个军人就进来了。空气里散发着高粱酒的味道，就像洒光了一整瓶酒。军人嘿嘿地笑着，拉下了军装裤子。"要戴上避孕套。"军人对着她的脸骂了句日本话。"我有病，所以要戴上避孕套。"她很想哭。军人喝得酩酊大醉，身体不听使唤。军人用铁片一样发光的牙齿咬她的肩膀。

第三个军人身上没有高粱酒的味道，而是有浓烈的狐臭味，牙齿里也散发出一股难闻的气味。她转过头去，军人却把她的头摆正。那写满狂气的眼球紧盯着她的瞳孔。军人到达高潮的瞬间闭上了眼睛,似乎想把她从眼前抹去。

门像烂了根的槽牙一样"咔嗒咔嗒"地晃动着。

第四个蓄着小胡子的军人进入了她的身体,说:
"有青蛙的味道。"
军人的身上有猫的味道。
猫爬到了青蛙身上。
第五个军人口里叫着日本女子的名字。丰子、英子、宫子、花子……她想,那些名字可能是他姐姐们的名字。
"智惠子!"
"智惠子是谁?"
她害怕军人,用颤抖的声音问道:
"我二十岁时的爱人。"
第六个军人就像翻死青蛙一样把她翻了过去,脸埋进她的头发里,像游泳一样挣扎着。军人离开的时候,用穿着军靴的脚踢她的肋骨。
第七个军人一进来就射精了,表情看起来像别人少找了他零钱一样,一脸委屈。然后军人慢吞吞地提起军裤,可提到中间又扑到了她身上。

门像被扯掉了一样,开了又关。
"さっさと,さっさと!(快点,快点!)"

第八个军人问她：

"你哭什么？

"啊，哭的女人好烦啊。我妈妈每天早上都哭。"

第九个军人挠挠头，毕恭毕敬地打了个招呼，然后进入了她的身体。

第十个军人刚进入她的身体，就像被烙铁烫到一样吓了一跳。她都不知道自己的身体是热的还是冷的。

留着像毛笔画的小胡子、戴着眼镜的军官一边进入她的身体，一边叹息道：

"死んだ女みたいね。（好像死人一样。）"

她呻吟了一声，军官说：

"努力はするな！（别费劲装样子了！）"

军官用双手勒住她的脖子。

"死んだ女としてみたかった！（我早就想和死了的女人做了！）"

军官的手在用力，死去女孩的脸渐渐变紫。军官在死去女孩的身体里排泄了一通自己的精液，走了出去，就像在抹了水泥的不毛之地扔下一把陈年的种子。

军官离开后，死去女孩的肚子渐渐大了。死去女孩做梦的时候梦到了动物。死去女孩的妈妈每次怀孩子的时候，都会梦到动物。她说怀上死去女孩的时候，梦到了兔子。像雪一样白的兔子跑过山坡，投入妈妈的怀抱。
兔子。

死去女孩喃喃自语着——兔子的尾巴没有那么长。
是猫——
可猫的后腿没有那么长。
是狍子——
可那个动物有三条腿。

*

人迹全无的巷子里，她看到一个女人站在那里哭。她不认识这个女人。女人手里拿着一个黑色的塑料袋，里面不知道装了什么。女人大概有五十岁，象牙色的裤子下面露出的脚腕肿得像树瘤一般。她可以真切地感受到，女人烫得弯弯曲曲的鬈发，每一缕都像释放热离子的发热丝一样在颤抖着。
女人为什么哭呢？
她好像来到了女人的身体里，好像躺在站着哭泣的女人的身体里哭泣着。在女人头顶上方垂下来的电线上没有一只鸟。她一看到哭泣的女人，就觉得似曾相识。

她一直等到女人离开，才来到女人站着哭的地方站着。

14

*

天黑后人们都聚集在小超市前面。不知道出什么事了，警车也来了。高个子的警察和一个穿着夹克的男人正在聊着什么。由于背对着自己，她看不到男人的脸。身材精悍的另一位警察正在用手机和别人通话。小超市的男主人坐在店门前的椅子上，凑在一起七嘴八舌的女人们表情看起来很是严肃，她们穿着在家里才穿的家居服，改衣店的女人也在其中。一个女人伸手指向小超市后面，那里成排的房子似乎是为了打花牌盖的牌店，女人手指的是其中一家。谁家进小偷了吗？她不知道到底发生了什么事，用电线杆半遮着身子看着人们。男人突然从警察身边转过身，看向她这边，她赶紧躲到电线杆后面。担心的事终于发生了，那人正是不久前来过家里的洞事务所的人。她的心脏狂跳不止，腿也在瑟瑟发抖。

警察离开后，女人们才散开。洞事务所的人喝了一瓶饮料后才摇摇晃晃地走出巷子。她这才从电线杆后面走出来，朝小超市走去。

她小心翼翼地问正在店门前扫地的男人：

"出什么事了吗？"

"什么事？"

"好像警车都来了。"

"哦,警车啊。和平别墅里好像住了一群从外国偷渡过来的女人。"

"女人……?"

"一些从没见过的女人大半夜来买方便面之类的,当时我就觉得很奇怪。总之,今天从大清早就一顿闹腾。老奶奶您睡得很香吧?当时社区的人都跑出来看呢……"

"在和平别墅里住着很多女人?"

"是啊。"

"那里,好像没人住啊……"

几天前她还从和平别墅前面经过,觉得那里好像没有人住,于是漫不经心地走过去了。

"您要买什么?"

她记不起自己要买什么,于是随口说:

"豆腐……给我一块豆腐吧。"

"又要买豆腐吗?"

"是啊……"

"昨天不是买过一块吗?不要光吃豆腐,也买点肉吃嘛。吃肉才会有力气啊。"

男子把豆腐装进黑色的塑料袋里递给她。

"有多少女人住在那里?"

"好像有二十个人。女人们像干黄花鱼一样被一排排地绑在一起,押上警车带走了。"

"要怎么处理她们?"

"把她们送回自己的国家吧。"

"他们是怎么发现女人们躲在那里生活的?"

"最近在调查实际居住者嘛,挨家挨户地查。应该是在调查过程中发现的。"

男人走进店旁的房间里。看到男人扶着妻子坐下了,她便离开了超市。

她在想,女人们是如何躲躲藏藏地生活的,以至于自己从未发现。每次偶尔经过和平别墅的时候,那里都没有任何声音、灯光和气味。她抬起头,望着和平别墅的方向。视线被其他别墅挡住了,她看不到和平别墅。

女人们像小超市男人说的那样被送回自己的国家吗?她总觉得,女人们可能回不了家。她们应该会找到其他能赚钱的地方,然后去那里。一直等到自己老得连丈夫和孩子都认不出来了,她们才会回家。

*

她步履蹒跚地来到那个巷子,那个不认识的女人站着哭泣的巷子。她想,那个女人肯定是那些偷偷躲在和平别墅里的女人之一。

她总觉得下一个应该就轮到她了。今天晚上,洞事务所的人肯定会和警察一起找上门来。

她打开手机,按下平泽的外甥的号码。刚拨出去,外甥就接了电话。

"外甥……是我。"

外甥这才听出是她的声音,立刻问她什么事。她告诉外甥,洞事务所的人来过。

"洞事务所的人来干什么?"

"嗯,这个……"

她怎么也想不起"实际居住者"这个词,只好含糊带过。

"他们来干什么?"

"因为有些人只申报迁移,实际上不在这里住……所以要进行调查……"

"调查?"

"是的,有些人像你一样,只申报迁移,实际上不在这里住……"

"您该不会对洞事务所的人说了什么不该说的话吧?"

"我能说什么不该说的……"

"洞事务所的人再来问这问那,您就说自己不知道。"

"……"

"总之,就一律说自己不知道。"

"嗯，肯定的……"

外甥好像已经知道十五区一带再开发计划泡汤的事了。

"姨妈您今年高寿了？"

"……"

"我问您多大岁数了？"

"九十三……"

"这么大岁数了吗？"

外甥吃了一惊，然后突然说起了养老院的事。外甥说她现在年纪也大了，问她去养老院怎么样。对于这个意外的提议，她没有做出任何回答。外甥见状说过一阵子会过来一趟，然后便匆匆挂断了电话。

她猜，外甥可能从一开始就考虑过养老院的事。说不定外甥早就计划过，等公租房入住权下来了，租房合同也期满了，就把她送到养老院去。但是，她不想去养老院。虽然不知道自己还能活多久，但她只想像现在一样在这间洋房里安安静静地生活，然后死去。

*

晚上九点的新闻里，她终于听到了有关最后那一个人的消息。那个人因为老年病，几天前住进了医院。别说是行动了，就连食物也无法正常吞咽。电视画面上出现了侧身躺在病床上的那个人的脸，她的脸消瘦了很多，几乎让人怀疑这是上次在电视上说自己喜欢花的那个人吗？

那个人紧紧闭着眼睛，似乎睡得很沉。忽然她睁开了双眼，凝视着天空，脸上是受到惊吓的表情。她的嘴唇像孩子牙牙学语般嚅动着，好像有什么急切的话要说。

听说，那个人公开自己是慰安妇后，一直在积极地向世人讲述自己在慰安所经历的事情。她还在报纸上看到过那个人的照片，那个人飞到了国外，穿着漂亮的韩服讲述自己经历的事情。

还有什么不曾说过的话吗？还是现在又想起了什么？

几天前，她也突然想起去山中偏僻地区的军营慰安时的事情，然后彻夜难眠。三个军人在一起笑闹着，看到刚从厕所出来的她，做了个手势让她过去。她吓得直往后退，这时一个军人拔出腰间挂着的小刀，做了个抹脖子的动作。她迟疑着走了过去，他们把她带到了营房后的草丛里，一个用小刀威胁她，另一个慢慢安抚着她，最后那个则一直劝阻其他两人。劝人的军人看到其他两人已经脱下衣服，自己也把衣服脱了，轮到他的时候，他心急火燎地扑到了她的身上。[289]

她想见见那个人。虽然听说她已经认不出人了，但应该能认得出自己，还有自己是谁，为什么会来找她。

她在想，在最后那个人离世之前，是不是应该告诉世人，这里还有一个人。

她还产生了想要做证的想法,但她不知道该怎么做,也不知道自己为什么会这样。一直以来她都不曾说过什么,东躲西藏,现在她已经这样老了,快要死了。[290]

她打开电视柜的抽屉,拿出放在里面的白纸。打开对折着的白纸,曾经一笔一画用力写下的字迹就像被狠压的弹簧一样争先恐后地弹了出来。

我也是受害者。
她用了七十多年的时间才写下这句话。

她很想在这句话后面再写点什么,但做不到。她突然什么都记不起来了。

如果可以,她不想说话,而是想拿出歪到一边的子宫给人们看。

她想象着自己面前坐着一个人,然后开口道:

"最开始的时候,[291] 最开始……我是怎么被带到'满洲'的呢……关于'满洲'的事情我没对任何人说过,因为太丢人了[292]……就连兄弟姐妹我都没说。我不想回老家,老家有人我才愿意回去啊!以前有人申报了自己曾是慰安妇,电视台过去之后给人一顿拍照,结果村里人都知道了。她用政府给的援助金盖了房子,结果以前差不多每天都来的邻居女人再也没登过她的门。人家说那是靠卖身盖起来的房子，脏。"[293]

她再也说不下去了。
任何语言都无法形容自己的痛苦。[294]

15

*

那个人陷入了昏迷状态，二十多天来已经认不出任何人的她用尽全力断断续续地说着：

"我不能死。一想到我死了就没有人把那些事说出来……"[295]

那个人几乎二十四小时都戴着人工呼吸机。靠着呼吸机，那个人像刺绣一般一口气一口气地维持着呼吸，努力想说出自己是谁，这让她既欣慰又心疼。一个看起来像是护工的女人一脸担忧地站在旁边。

"我不是慰安妇。"[296]

"我是尹金实。"

"历史的见证者,尹金实。"²⁹⁷

她的呼吸急促起来,女人赶紧给她戴上人工呼吸机,扶她在床上躺好。女人的手就像对待婴儿一样小心翼翼。女人好像对她说了句什么,然后从她的嘴上取下人工呼吸机,又把她扶了起来。

她像拍证件照一样凝视着正前方。

"闭眼之前我想幸福地活着。"²⁹⁸

*

她坐在镜子前轻轻梳着头,然后对着镜子喃喃自语。

……我也想幸福地活着。

这是第一次,她想让自己幸福地活着。在差不多活了一个世纪之后。

即使只活一天,也想幸福地活着。

她向着镜子伸出了手。

她以一种抚摩素不相识的人的脸的心情，抚摩着自己的脸。

二十岁之前，她觉得自己的一生都毁了。[299]

*

在家里用抹布四处擦拭灰尘的时候，电视机和日光灯突然灭了。她从电视柜的抽屉里找到蜡烛和火柴拿了出来。她划亮火柴送到蜡烛芯上，蜡烛芯被点燃的瞬间，她想起了十五区的女孩。

她只是短暂地、闪电一样飞快地想起了女孩的脸，却觉得好像是在为女孩祈祷。

她没有去推电闸的开关。

在蜡烛前面，她久久地抚摩着纸面具堵住的嘴。

她拔出挂在指甲刀上的小刀，把刀尖对准了纸面具堵住的嘴。

刀尖直直地划过，发出刺破的声音。

她不停地划着，大概划了五十几次，堵住的嘴终于被划透了。

她继续划着，一点点地，坚持不懈地让缝隙变大，直到那个洞大得差不多可以伸进舌头，才停了下来。

她把纸面具戴到脸上。

我想生为女人……真的想重新生为女人。[300]

*

她一整天都坐在檐廊上,因为担心洞事务所的人会来找她。她有话一定要对他说。

她垂着头昏昏沉沉地睡着了,耳边传来有人敲大门的声音。她抬起头朝大门的方向睁开了眼睛。

洋房的院子和檐廊上落满了午后的阳光。她的大腿上,纸面具在光线的照射下奇异地闪着光,她用挂在指甲刀上的小刀划出的嘴巴里面也闪动着光晕。

突然出现在大门上方的男子的脸由于逆光,五官看起来很模糊。她理所当然地认为肯定是洞事务所的人。不是因为她正在等他,而是除了他没有人会来家里。电表检察员前天也刚来过。

"请开一下大门。"

她干咽了一下唾沫,冷静地说出了自己决心要说的那句话。

"那个……是我住在这里。"

"什么?"

男人的声音里充满了不耐烦。

"这个房子……是我在住……"

"我听不清楚!"

"这个房子……是我……是我在住。"

"我说我听不清楚!"

她不想开门,不想让洞事务所的人进到家里。

"请开一下大门!"

可她像被钉住的钉子一样,固执地坐在檐廊上。

男人对着大门又是一阵猛摇。为了让怦怦狂跳的心脏安定下来,她努力稳住心神,又说了一遍:

"这个房子是我在住。"

"姨妈!"

"……?"

不是洞事务所的人,而是平泽的外甥。

"开一下门。"

即使是平泽的外甥,她也不想让他进来,但她还是无奈地站起身去开门。大腿上的纸面具滑下来,"啪"的一声掉在了她的脚前。

她一步也没法向大门迈开,最后重新跌坐在檐廊地板上。她最大限度地蜷缩起身体,双手抓住裙子。

"姨妈!姨妈!"

摇动大门的声音一直传到了巷子外面。

她觉得没有人可以把她赶出这个房子。洞事务所的人也好,平泽的外甥也好,从未见过面的洋房的主人也好。

她总是想回家。虽然人在家里,但还是想回家。害怕永远回不了家[301],她总是战战兢兢。

死后灵魂想回去的故乡的家,也没能成为她的家。

但从不久前开始，洋房好像变成了她一直想回的家。虽然在居民登记上，她从没在这所房子里住过一天。

这是过了七十多年她才回到的家，她不想被人从里面赶出去。

见她一直不开门，平泽的外甥直接翻墙进来了。她一动不动地坐在檐廊上，外甥踏着大步向她走了过来，脚上的登山鞋踩到了纸面具上，双手抓住她的肩膀摇晃着：

"姨妈！"

昨晚她好不容易划开口的纸面具被外甥无情地踩破了。

*

她出神地看着去年秋天从一处空房子里采来的种子，猛然意识到，一直认为是孑然一身的自己其实正被万物包围着。天、地、空气、光、风、水、种子……

但是，她却比感觉自己是孑然一身的时候更孤独。

她觉得自己彻底成了孤身一人。

她用手指捏起一颗种子。

她执着地凝视着这个小小的东西，直到出现自己被吞噬的错觉。仿佛这颗不过毛孔大小的种子，可以完美地将自己隐藏起来。

她曾在电视上看到过在地球之外拍摄到的地球。她知道地球是圆的，但不知道是哪种圆。是像小南瓜那样的圆，还是像鸡蛋一样的圆，或是像苹果一样的圆，又或是像珠子一样的圆。她还好奇，整个地球是什么颜色的。出现在电视屏幕上的地球不是一种颜色，而是像各种颜色混合在一起：白色，蓝色，橘黄色，绿色。

她屏住呼吸望着地球，不知不觉间靠到了电视机跟前。因为她看不到一间房子，看不到一个人，也看不到一只鸟飞过。

她觉得地球就像一颗种子。地球的种子中有水，有地，有树。鸟儿飞来飞去，兔子在吃草，鼹鼠在挖地，马儿在奔跑，蚂蚁在结队移动。

她所想象的名为"地球"的这颗种子，里面虽然美丽，但也丑陋。

鸡冠花种子里面也是这样的吗？也像地球种子一样美丽却丑陋吗？

她对着种子喃喃自语——这里还有一个人活着……

就像宇航员在地球之外观察地球那样，她也想在自己的外面看看自己。从外部看到的地球看起来完全不一样，她觉得自己也会看起来不一样。

听说，离开地球需要像光那般惊人的速度。

她觉得，如果自己要离开自己，应该需要比飞船飞出地球更快的速度。

*

她在巷子里走着,突然被吓了一跳。一个红彤彤的东西缠在大铁门的把手上,像一只被烧伤的手挂在那里。她感到毛骨悚然,但还是走近了一些。是一个洋葱网兜,但是里面没有小猫。她在巷子里见到的洋葱网兜里总是装着小猫。

她走近铁门,把脸贴在洋葱网兜上,仿佛要把它套到自己脸上似的。她怀疑自己是不是眼睛瞎了,才看不到洋葱网兜里有小猫。

如果有人把小猫从洋葱网兜里放出来了,会是谁呢?

是谁?

16

*

她坐在衣柜前,看着里面整整齐齐叠好的衣服,最后拿出一条褐色的百褶裙和用钩针编织的粉色开衫,摊在房间的地板上。再从装满袜子的篮子里拿出白色的棉袜。那件适合春秋季节穿的粉色开衫是她最喜欢的衣服。

扣着开衫上白马兰式样的纽扣,她的手指有些僵硬。直到现在她才记起来,第一天,十三岁的自己身上来过多少人。

一共七个人。[302] 还没来过初潮的她流了比来月经时还要多的血。[303]

第七位军人是一位看起来比父亲的年纪还要大的军官。

她从檐廊来到院子里,手里提着一个杏色的包袱,里面包着一个装有秋衣的盒子。秋衣是她买给中国鳏夫穿的。

快出洋房大门的时候,她犹豫了一下。今天是平泽的外甥要过来的日子。

两天前,平泽的外甥来过一趟。他说后天还会再来,再三嘱咐她哪里都不要去,就好好待在家里。他说要带她去一个地方。

"去哪儿?"

"是个好地方。"

"好地方?"

她想起了在开往"满洲"的火车上爱顺说过的话,于是问道。那个女孩只知道自己要去一个"好地方",以为自己真的是去一个好地方,去一个好工厂赚钱。

"那边到点儿就给饭吃,还给洗澡,生病了有护士给拿药和打针。"

"……"

"去了那边以后，会有很多朋友，不会无聊的。姨妈只要一日三餐好好吃饭，安心生活就行了。"

她摇摇头表示拒绝，可他却装作没看到。

"那里什么都有，您就带上重要的随身物品和几件现在穿的衣服就行了。"

外甥说的好地方再好，她也不想去。

信以为真的好地方，就是在那里，爱顺的身体变成了涂鸦本。日本军人用针和墨汁在爱顺的肚子上、阴阜上、舌头上文了文身。[304]

在那里，女孩们的身体不属于她们自己。[305]

她虽然内心有些埋怨外甥，但又不想怨他。她不想埋怨或憎恨世界上的任何人。[306]

但她不能原谅发生在自己身上的事情。[307]

听到那一句话就可以原谅他们吗？

神也无法代替他们说的那一句话。

*

她挑着向阳的地方走，忽然又用手撑着墙喘起气来。倾斜、有裂痕的围墙在这一瞬间成为她的支撑。最近她越发虚弱无力。

院子里看不到老头的身影。电线团、成堆的电线皮和铜芯捆比她一个月前去的时候还要杂乱。她的目光停留在装满生锈的钉子的水瓢上,这些钉子应该也是老头从空房子里收集起来的。

她在水瓢旁边放下包着秋衣盒子的包袱。天冷后,老头会替中国鳏夫穿上它。

在巷子里走着,她看到了一处倒塌的房子。不知道是年久失修倒塌的,还是人为拆到一半成了这样。十五区总是能看到这样的房子,有些甚至房屋已经倒塌,只剩下城墙一般的围墙。

这处房子的围墙和墙壁几乎都塌了,只剩下一间孤零零的房间。就连那个房间也缺了天花板,窗户也碎了。唯有门扉闭合着,好像在提醒人们,这里曾经有一个房间。

中午之前要赶回家,得抓紧时间了,可她却迈不开步子。

这个房间就像子宫。

自己的子宫就像孤零零地被放在那倒塌的房子里。

她迟迟迈不开脚步,耳边传来摇晃大门的声音。她觉得那一定是摇晃洋房大门的声音。

*

以十五区为终点、中途经过地铁站的社区巴士每隔二十分钟来一趟,住在十五区的人们大部分都是乘坐社区巴士去地铁站。等巴士的只有她和一个看起来像高中生的男孩,就他们两个人。男孩似乎对外面的任何声音都不感兴趣,两只耳朵塞着耳机,眼睛盯着前方。离男孩三四步远的她可以清楚地感受到,从男孩心中爆发出来的不满和叛逆。

顶多也就男孩这么大。在"满洲"慰安所,只有一次,来过一个朝鲜士兵。她听金福姐说过,戴着圆圈里写有红色"さ"字肩章的,都是被抓来当学生志愿兵的朝鲜人。[308] 金福姐会叫偶尔过来找自己的朝鲜士兵"哥哥",她说哥哥来了以后,会抽烟,还会一边说着故乡的事情一边哭。朝鲜士兵说自己的老家在忠北堤川,他离开自己的身体时,她伸出手贴到他的胸前,指尖可以清晰地感受到他扑通扑通跳动的心脏。她原以为还能见到他一两次,但再也没见到过。经常来找金福姐的朝鲜士兵也从某一天开始再也没有来过。女孩们知道,如果熟悉的士兵不来了,就是死在战场上了。[309]

她环顾着三条巷子交会处的巴士终点站,一个喜鹊窝映入她的眼帘。喜鹊窝像腐烂的竹篮一样,又黑又圆,斜斜地挂在银杏树的树枝之间,应该是喜鹊飞走后留下的窝。说不定这就是蝴蝶抓来送给自己的其中一只喜鹊的窝,这样想着,她的脑海中浮现出一个问题。

是谁教喜鹊衔来树枝,并将树枝缠在一块儿垒成窝的呢?

这像是一个有关天地之始的问题。随后,更多的问题也接连浮现。

是谁教连眼睛都没睁开的小狗崽吮吸妈妈的奶的呢?是谁教瓢

虫在树叶上产卵的呢？是谁教母鸡孵蛋的呢？

社区巴士吭哧吭哧地爬上斜坡，绕了半个大圈后，骤停在她的面前。

她漠不关心地看着从巴士上下来的人们，这时有人悄悄用手拍了拍她的肩膀。

"您要去哪儿？"

是改衣店的女人。她可能去市场了，两只手里拎着好几只黑色的塑料袋，其中一个散发出鱼腥味。

"我去见一个人……"

"谁？"

可能是因为上次喜鹊的事，女人看她的眼神有些狐疑。

"见一个人……"

"是啊，见谁？"

女人追问道。

"一定要见到的人……"

她再也说不出别的话。女人有些怀疑地歪着头，半眯着眼打量她身上的衣服。

"我不知道您到底要去见谁，但您穿得像新媳妇一样漂亮呢。"

"什么新媳妇……"

"您该不会要去很远的地方吧？"

"很远？"

"很远。"

"不，我不会走很远……"

她一本正经地摇了摇头。

"那您路上小心。坐车的时候一定要看清车牌号，如果不知道路的话就问问别人。"

女人再三嘱咐着。

"我知道。"

"您不上车吗？"

听到女人这句话，她感觉就像后背被猛推了一把似的，坐上了巴士。虽然前面也有空位，但她还是走到最后坐下了。

巴士顺着好不容易爬上来的斜坡滑一般地朝下驶去。阳光透过车窗深深地照射进来，她感到有些刺眼，眼皮微微发抖，舌间像飞出一只蝴蝶那样，浮现出一个名字。

风吉……

那是她十三岁被抓去"满洲"前在故乡叫的名字。"风吉"这个名字，她以为是从自己还在妈妈肚子里的时候就有的，就像自己的胳膊或腿一样，是和自己绝对无法分离的东西。在家乡的村子里，山羊和麻雀都叫她"风吉啊"。

风吉啊！

她好像听到金福姐在叫她，赶紧把头抬起来环视车里面。

虽然发生过凤爱溺水身亡的事，可哈哈和欧多桑依然让女孩们到偏僻的军营去慰安。很长时间没有下雨了，河水深度比那时浅了一些，但还是非常混浊。

到了河边的村子。那村子被包裹在一片诡异的寂静之中，似乎空无一人。一个女子站在村子前，乌黑的头发一直垂到腰间，正对着河水呆呆地站着，她总觉得那个女子就是凤爱。

是凤爱……

听到她低声咕哝的声音，香淑抬起了埋在膝间的头。香淑没有看到凤爱消失在河水中的样子。香淑用手指抠抠耳朵，又把头埋进膝盖。

"我想回家。我想回家吃妈妈做的大麦饭，还要在上面放几片泡菜。"[310]

珺子低声哭泣起来。

她想挥一下手。在离女子更远之前，她想挥挥手，于是站了起来。在向着女子举手的瞬间，不知是脚踩空了，还是后背被突然刮来的大风推了一把，她掉进了河里。

她用手推着像绞索一样收紧的水流拼命挣扎着，以为脚能碰到水底，于是伸直腿，但脚下却是万丈深渊。一些类似海带茎的东西紧紧缠住她的脚踝，不住地拖拽着她。一度伸手不见五指的混浊河水突然变得清澈，出现了一辆用各种鲜花装饰的灵车。躺在灵车里的人正是她自己。她的脸埋在花丛中，脸庞像吃饱了母乳后熟睡的婴儿的脸一样，看起来肉乎乎的。

她心想着，这就是死亡啊，[311] 随之接受了自己死亡的事实。可瞬间，耳边传来了一阵激动的声音。

"抓住了！"

有很多只手抓住她的发辫，正往上拉。

"风吉啊，风吉啊……"

"你睁开眼啊！"

她躺在船底，看到了女孩们的脸。

"她还活着！"

"风吉姐姐活过来了！"

耳边传来英顺呜呜大哭的声音。

"现在清醒了吗？"

金福姐"啪啪"地打着她的脸。她这才意识到自己还活着，望着天空抽泣起来。

"不要哭。"

金福姐把她扶起来坐好，用双臂抱住她，然后抚摸着她的背说：

"这不是没有死吗？你没死，别哭了。"[312]

"哈哈让做什么就做什么"，分开时金福姐叮嘱她的这句话，她过了七十多年才明白其中的意思。

金福姐是嘱咐她不能死，无论如何都要活着。

她觉得去见那个人的同时是去见金福姐，还有海今、冬淑姐、寒玉姐、后男姐、己淑姐……

见到那个人应该先说什么呢？先说我很想你吗？还是先说我也去过"满洲"？

她终于要去见那个人了。这仿佛是她一生都在等待的事情。前一天，她向首尔美容院的女店主询问怎么去那个人住院的医院，那个人所在的医院正好是女店主定期做检查的那家大学医院。她原本以为那个人生活在和自己不同的城市，住院的医院也在别的城市。她完全没有想到，那个人就在离自己这么近的地方。这让她感到一阵虚脱。

虽然她是如此希望见到那个人，可一想到见面的事，她又有些紧张和害怕。

*

社区巴士在药店前面停下了，五六个人一窝蜂地拥了上来。一个个空位子被人填满了，只有她的邻座还空着。一个长得像海今一样小巧漂亮的女人带着一个小男孩上来了。为了告诉对方自己旁边的座位没有人，她用手轻轻拍着自己的邻座。左右环顾着寻找空位的女人最后让小男孩坐在了她旁边的空座上，小男孩用乖巧但透着淘气的眼睛瞄了她一眼，她对他露出了微笑。

身子有些倦了,她记起凌晨做的梦。梦里面,她牵着在十五区巷子里经常碰到的那个女孩的手,向河边走去。她让女孩坐在河水前,自己也在旁边坐下了。她用手掬起河水给女孩洗脸,女孩的脸上流下了脏水。她不停地掬起河水给女孩洗脸,直到洗得干干净净。

不知不觉间社区巴士已经驶入了十字路口宽敞的大路。她把目光投向车窗外的世界,却终于明白。

她还是很怕。[313]

十三岁的自己还在"满洲"的窝棚里。[314]

解读

记忆的历史，历史的记忆

朴惠泾

1

让我们思考一下，在压倒人类想象的残酷现实面前，作者可能感受到的混乱。小说能做什么呢？最初打算写这部小说的时候，也许作者这样问过自己。这是真实发生的事情，因此是任何人都不得不相信的历史的一部分，尽管如此，在那难以置信的残酷程度面前，恐怕任何小说都无法轻易涉足其中。而当直面如此痛苦的记忆的瞬间，对于那些在如此可怖的记忆中活了大半生的人来说，小说并不能为她们提供食物、住处，或者呼吸的空气。这份无力感是否让作者首先感到了绝望呢？小说历来只通过想象来讲述人的生活，对于超越人类想象的那段历史，小说能告诉我们什么呢？更何况，那段残酷的历史还处于现在进行时——面对那些企图否定和抹杀历史的势力，活着的受害者至今仍要不断回忆和证明自己那些痛苦的记忆。正因为如此，对于作者来说，带着受害者们那些残酷的证言去写小说，只能是更加艰难和谨慎的事情。

可是，作者为什么要把超越小说的历史、超越人类想象的真实发生的事情放进"小说"这个容器呢？我认为其原因便是"最后一人"。为给本书写作品解读，我要来了小说原稿，白纸中间的"最后一人"这几个字[①]深深地印在了我的心里。可能是"最后一人"带来的孤独感和崇敬感深深触动了我的内心，看着仿佛漂浮在白茫茫的大海上的那几个字，我的心似乎缩成了一团。作者在书中追随着孤独的"最后一人"的行迹，那是独自留在世上的最后一位慰安妇老人……

2

如果说"最后一人"能引起某种悲壮的感觉，也许是因为，这

---

① 原文是"二字"，因为本书的韩文原题为한 명，即"一人"。

个词中既有"一个"的含义,又有"整体"的意义。所谓的"一"不仅仅是表示数量的单词,也具有"一样""一致"的意思。英语中的"一个(one)"不是也有"联合(united)"的意思吗?从这个意义上来说,小说中的"一人(individual)"既是不能分离的单一名词,也是所有个体以同等的、不可分离的资格聚集在一起的集合名词。不能再分离了,其中不正蕴含着不能被毁损的个人、应该以全体的名义守护的个人——不,自己就是全体中的个人,因此谁也不能随意破坏或夺走的"一人"的崇高。

为了以历史的名义讲述被破坏、毁损的个人的故事,作者从"最后一人"开始了小说的创作。因为小说最终只能是"最后一人"的故事,所以它比其他任何文学体裁更能深入个人的内心。小说以呼唤被历史抹杀和埋没的"最后一人",并通过小说的方式复原其内心世界的方式,对抗那些企图使历史获得正当性的集团的虚构。在以全体的名义残忍地践踏个人生命的历史当中,最残酷的就是抹去个人的内心。历史是不会记录个人的内心世界的。无数的事件、人名、年份和数据中,个人在哪里?个人经历过的无数内心的历史消失到哪里去了?人的内心及内心拥有的记忆才是个人所无法分离的、最隐秘的、最独特的历史领域。

一个人的内心世界,那就是他(她)的全部。只要没有死,只要死后精神没有消失,人的内心就不能被任何历史无情地破坏。即使遭受恐怖的拷问、身体受到严刑拷打,烙印着痛苦的内心还是会被保留下来。因为有这样的内心,人可能直到死亡的瞬间都无法从历史留下的痛苦记忆中摆脱出来，但人与世界对抗的力量不也是来自个人的固有领域——内心吗？记忆是只有个人才能拥有的最强有力的武器。在删除和否定自身存在的历史中，慰安妇老人们唯一拥有的也是记忆。从某一瞬间开始，那些看不见的记忆开始借着肉身的嘴发声——这里还有一个人，没有死，还活着。只要"最后一人"还活着，慰安妇的历史便没有结束……

抹去记忆，就是抹去"我"本身，就是抹去"我"的历史，抹去蕴含在"我"和"我们"的记忆中的整个历史。作者在小说的最前面说过："本书写于若干年后，在世的韩国日军慰安妇受害者只剩下最后一人的假想时间。"在这里，"只剩下最后一人"的状况设定，不能只单纯理解为作者试图为之后展开的故事赋予极端悲壮感的意图。只剩下的最后一人，那是抵抗肉身消失的记忆，那是对抗历史删除的个人，那是否定结局的开始。小说就是从这里开始的。

3

全身心遭受过历史伤害的她们还活着，写一部有关她们历史的小说无疑会受到诸多制约。更何况，慰安妇老人们的证词甚至超出了任何小说的想象，岂能随意加工……为了将那些超越了想象、令人难以置信的历史置入"小说"这一容器，作者首先需要解决的难题是，如何调整老人们证言引出的历史现实和作者想象力的介入程度二者之间的问题。这是因为，由于素材带来的冲击力太大，稍不小心小说就会被素材本身的威力所压倒，从而止步于罗列枯燥无味的历史事实，不然就会像电影《鬼乡》那样，率先打出"和解"或"治愈"这类草率的解读标签，刺激大众浅薄的感性，最终诞生的是一部无法传达慰安妇老人们证言内容的、含金量不足的作品。韩国电影《鬼乡》是第一部正式讲述慰安妇故事的电影，虽然它得到了大众的普遍关注和支持，但所谓的"第一次"显然无法理所当然地保障作品价值。不仅是电影，小说也是如此。

从这个意义上来说，我认为这部小说将小说和纪实文学的中间地带作为叙事展开的战略支点是非常明智的选择。也许，这正是为了将历史的证言引入小说内部，然后将无数"一人"的故事注入作者"最后一人"故事之中的无法回避的选择。在"最后一人"的故事中，作者将从韩国慰安妇老人们的证言中摘录的无数记忆碎片连接起来，像缝拼布被子一样拼凑出记忆的拼布，把世上独自流浪的所有故事完整地用"一人"的记忆来复原。看看作者在小说后面添加的无数脚注吧！作者想象出的"她"虽然只是小说，但她的故事中包含的无数的"她们"不就是历史吗？为了将"她们"的历史包容进小说里面，作者创造了"她"的内心世界，在作者想象的"她"的内心世界里面，包含着无数的"她们"的历史。因此，"她"的故事正是历史的证言，而"她们"的故事也获得了小说的躯干，那便是一个人的内心。历史赋予了小说的骨架，小说则为历史提供了内在的血肉，这应该就是作者决定写"最后一人"的原因。

4

就剩下最后一个人了。本来还有两个人，昨天晚上，其中一个人撒手人寰……（第001页）

小说从这里开始了。自始至终她从没向任何人透露过自己是慰安妇，而是躲起来独自生活。从电视上她得知在世的韩国慰安妇受害者只剩下最后一人了。孤身一人的她听到了据说是最后一人的消息，低声喃喃着："这里还有一个呢……"

她……这是书中对隐姓埋名生活的"最后一人"的称呼。"富子，吉子，千惠子，冬子，惠美子，弥荣子……"她曾经有过无数名字，那是军人们爬上她的身体后随意起的。但在小说中，她没有名字，只是第三人称的"她"。

在慰安所的那段时间里，她最无法忍受的就是自己只有一个身体。身体只有一个，扑过来的却是二三十个，就像蚜虫堆。

解读

可就连那唯一的身体，其实也不完全属于她。

可是，拖着这不完全属于自己的身体，她走到了现在。（第028～029页）

"脚腕被军用腰带绑着，浑身一丝不挂。"就像世上独一无二的她的身体不属于她一样，扑到她身上的军人给她起的名字也不属于她。名字可以增加，身体却不可能变多，所以她，不，她们唯一的身体只是二十人、三十人，甚至一天超过七十名军人扑上来的"躯干"。拖着一个"躯干"生活，这意味着它不属于任何人，因此任何人都可以随意对待，任谁都可以随意抹杀或删除。她们是被强征的二十万人，其中虽然有两万人活着回来了，但活着回来的两万人并不是完整地活着回来了。"虽然她活着回来了，但没能保住户籍"，因此她过得无异于死人；"她怕自己曾是慰安妇的事为世人知晓，战战兢兢，如履薄冰"，因此总是尽量避开人；思考自己这件事情实在太过痛苦，于是她尽量什么都不想，什么也不说，最后"她已经忘记了自己是什么样的人"。这些就是"活"着回来的她们拥有的生活。

近代描写人类身体，尤其是女性身体的最极端、最空前绝后的暴力事例便是日军慰安妇的人生，那段残酷的历史从她们身上夺走的不正是她们作为"一人"生活的权利吗？沦为匿名工具的无数身体，不仅仅是被记录为"二十万人"和"两万人"的数字，她们都是世界上独一无二的肉身，是将其称之为"我"的无数"一人"的人生。一九九一年八月十四日，这二十万人中的一人在电视上首次承认自己是慰安妇。五十年的岁月之后，她终于开始讲述"我"的故事，并说出了"我是受害者"。继金学顺老奶奶公开发言之后，隐藏在全国各地生活的慰安妇老人纷纷站出来说"我也是受害者，我也是受害者"，把自己的经历公之于世。随着老人们一位位站了出来，证明"历史的记忆"的"记忆的历史"才得以拉开序幕。至此，长久以来隐姓埋名生活的慰安妇老人们才终于得以在世人面前袒露自己的心声。

坦露心迹意味着什么呢？只有"我"才能坦露自己的心迹。这样做可以唤起我内心的记忆，同时会发现那些记忆完全属于我，不，那些记忆就是我。当说出那句"我也是受害者"，她"切实地意识到，自己什么都没有忘记"。金学顺奶奶也说过："我是孤身一人，也没什么好顾虑的，那么残酷的日子里，上帝让我活到现在，就是为了这一天。""活到现在，就是为了这一天"，即"将自己所遭遇的事情公之于众"，这不正是自己坦露的心迹吗？她"陷入了想把一切都说出来的冲动"，然后说"我想把一切都说出来，然后死去"……她们拖着匿名的身体活到现在，唯一拥有的便是记忆，那是谁也不能从她们身上夺走的记忆，是"一人"开始发声以后，隐藏在全国各地的无数个"一人"相继开始发声的记忆。夺走她们纯洁身体的历史通过她们的记忆，暴露出丑恶的面目。

在她的生活中，过去就是现在。在无法抹去的记忆里，她生活在比现在更鲜明的过去之中。"在"满洲"慰安所经历的事情就像冰块一样散落在她的脑海里。每一片冰块都是那么冰冷,那么鲜明。"十三岁时,她被突然出现在河边的男人们抓走,带到了"满洲"慰安所。当时她的手里攥着六只螺蛳,螺蛳们蠕动的感觉,直到九十多岁她还记得清清楚楚。从前的记忆从各个方向渗透进她的现在,她觉得再回故乡的河边,仿佛还能看到十三岁的自己在摸螺蛳;闻到烧狗的气味就会想起冬淑姐尸体被烧的气味;洗澡的时候,瞥见沾在稀疏的阴毛上面的水珠,会猛然间以为那是在慰安所的时候她们身上的阴虱,接着不寒而栗。

她虽然不知道"满洲"慰安所的名字,但清楚地记得吃了自己的血和鸦片死去的己淑姐的牙齿像石榴籽一样闪闪发光,还有避孕套里的分泌物散发出的又酸又腥的味道,以及饭团里像撒了黑芝麻一样密密麻麻的米虫的数量。

有时什么都不记得,只记得非常冷,只记得非常非常冷。(第122~123页)

无可奈何的是,那些如此鲜明生动的记忆已经深深地刻进了让她们陷入比死亡更痛苦的无名的身体上。她说:"如果所有的一切,从头到尾都记得,她是活不到今天的。"可头脑不记得的过去,身体却在五十年、六十年、七十多年后,依然清晰地记得。只有自己的身体才记得的记忆,这不正是用全身心经历过残酷岁月的慰安妇老人们才有的记忆吗?那些刻在身体里的记忆是谁也不能代替、谁也不能做证的完整的"一人"的记忆。无论她们如何表明、如何解释,又有谁能切身感受到慰安妇老人们亲身经历的那段岁月呢?她在心里这样想:"如果可以,她不想说话,而是想拿出歪到一边的子宫给人们看。"在她们无名的身体里留下的,是比任何证词都更强有力的记忆。而在许久之前便"不属于她们自己"的身体上刻着的记忆又吊诡地让她们成为她们,并且成为只有她们才有的专有名词。

"只要还活着,只要还有一个人活着……"小说中她言辞恳切地喃喃自语给我们带来了更深刻的共鸣。因为只有身体活着,才能记住自己。慰安妇老人们全部去世,不就意味着身体的记忆全部消失了吗?只要还有"一人"活着,便意味着慰安妇老人们的生活不是书中记录的历史,而是在某人的生活中完整地以现在进行时的历史存在着。

5

她不停地呼唤出自己的记忆。"只要是在'满洲'慰安所发生的事情，她什么都不想记得，可如果得了老年痴呆，真的什么都记不起来了，该怎么办？"她开始恐惧。作者通过她的记忆，将她认识的所有的她们，不断呼唤到现在的时间里。她尤其不愿意忘记的是和自己一起在"满洲"慰安所待过的那些女孩的名字。"己淑姐、寒玉姐、后男姐、海今、金福姐、秀玉姐、粉善、爱顺、冬淑姐、莲顺、凤爱、石顺姐……""顺德、香淑、明淑姐、珺子、福子姐、叹实、长实姐、英顺、美玉姐……"漫长的岁月之后，她依然记得她们的名字，因为"她经常默念她们的名字，就像背小九九一样"。她不想忘记她们的名字和故事，难道不是从地狱般的地方活着回来的自己向她们致以的最恳切的哀悼吗？通过记住她们的名字，她向世人证明，被历史遗忘的她们，作为不能被任何历史玷污的唯一的"一人"而存在过。

在火车上说自己要去针头工厂的女孩是寒玉姐；说自己要去一个好地方的女孩是爱顺；去大邱站途中，在落脚的旅店外面要摘桔梗花给自己的女孩是冬淑姐；说去山田工厂理线的女孩叫凤爱……（第027页）

"就像那些锄地时、采棉花时、顶着水罐去村里井边打水时、在小河边洗衣服时、去上学时、在家照顾生病的爸爸时被强行抓走的女孩"；那些"听说是来这里当护士"、以为去的是"制衣厂""他们说给我介绍好工作"所以登上了开往"满洲"的列车的女孩；那些"身为一个人，活得还不如猫狗"，有时连自己的名字都记不起来的女孩，在九十多岁的"她"的记忆中，依然完整地保留着自己十三岁、十四岁、十五岁，甚至十二岁时的样子。英顺便是那个在泉边打水时被抓走的十二岁少女。刚来的时候她甚至不明白"军人来了就得陪他们睡觉"是什么意思，最后却患上了梅毒，"肚脐都溃烂了，变成了暗红色"。石顺姐只因说了一句"我们犯了什么罪，要接待一百个人"，结果就受到了滚在钉有三百个钉子的木板上的酷刑，最后死去。日本军人将石顺姐扔进茅厕时还说"找地方用土埋她简直是浪费"。东淑姐得了肺病，在严冬寒冷的房间里吐血而死；春姬姐疯了；秀玉姐生下了死于腹中的胎儿；对十六岁怀孕的珺子，他们说"这丫头年纪还小，脸蛋也漂亮，还有不少用处"，然后手术摘除了她的子宫。

痛苦不仅仅存在于地狱般的那个地方。活着回来的她们只能隐瞒自己曾是慰安妇的事实，靠卖饭为生或者寄人篱下，艰难地讨生活。"没有人知道她去过哪里，又经历过什么。"金学顺老奶奶公开了自己是慰安妇之后，共有二百三十八名慰安妇向韩国政府申报了自己的名字，但是她们之后的生活也没有多少好转。因为"实在吃不上饭了"她们才无奈进行了申报，得到的却是周围人的冷眼，日子也过得更加凄凉。比起那些把她们看作肮脏的女人的视线，更痛苦的是她们投向自己的视线。"不管怎么洗，她还是觉得自己很脏。""她每天都换内衣，每隔三四天换一次外衣。""无论第一个发现自己尸身的人是谁，她都希望对方触碰自己的时候不要觉得脏"。"尽管那并不是她们的错",可她们却"以自己为耻,觉得无颜面对世人"。只要还有没有站出来的人,她们开始于曾经的慰安所里的人生便还没有结束。

6

她在电视上看到,在政府登记的二百三十八名慰安妇中,最后一个幸存的慰安妇现在只能靠人工呼吸机勉强维持生命。虽然"任何语言都无法形容自己的痛苦",但是"我不能死。一想到我死了就没有人把那些事说出来……"电视上那个人用尽全部的力气说着。那个人还呼吸急促地说:"闭眼之前我想幸福地活着。"看到那个人之后,她才开始正面凝视那张堵着嘴的纸面具,那是在即将拆迁的家附近一个女孩送给她的。她用刀一下又一下地划着纸面具的嘴,直到"堵住的嘴终于被划透了"为止。

九十三岁之前一直隐藏自己慰安妇身份生活的她,终于要去见在电视上说出"我是尹金实""历史的见证者尹金实""靠着呼吸机,刺绣一般一口气一口气地呼吸着"的她。直到作品的结尾,作者才把"十三岁被抓去'满洲'前在故乡叫的名字"——"风吉"这个名字还给了她。找回自己的名字那么难吗?为了找回自己曾经的名字,她甚至用了七十多年的时间。

名叫"风吉"的她，现在要去见名叫"金实"的她。还活在世上的"一人"去见活在世上的另一人。"她觉得去见那个人的同时是去见金福姐，还有海今、冬淑姐、寒玉姐、后男姐、己淑姐……"她不是去见一个人，而是去见二百三十八个人，两万人，不，二十万人。她见到她，于是她的记忆成为她们所有人的记忆。"一人"见到了另外"一人"，就变成了"她们"。当"她"变成"她们"，记忆就成了历史。那么，和她一起去见那二十万人的另外"一人"，不就是正在读这本小说的我们——各位读者吗？

作者的话

　　一直想写一部关于日军慰安妇的小说，但又想，如果实在无法动笔也没办法。后来想到了"最后一人"这个题目，根据搜集到的一些证词录，我开始了这部小说的创作。我其实有些担心。每当听说又有一名受害者去世的消息，我心里就会充满焦虑。我赋予小说的想象力会不会歪曲或夸大受害者的实际经历？会不会损害受害者的人权？因此我小心翼翼，如履薄冰。

　　在阅读受害者证词录的过程中，我了解到，原来她们就在离我很近的地方安静地生活着。在我度过青少年时期的地方，在我几年前生活过的小区，在某一年我去旅行过的地方，都有她们的存在。我不由得想，我的亲奶奶或外婆也有可能成为日军慰安妇受害者啊！我甚至会觉得，是她们代替我的奶奶和外婆去了一趟地狱。

从一九三零年到一九四五年，日本军队强征二十万名女性做慰安妇，其中只有两万人活着回来，最终没能回来的其余女性要么丧命，要么被遗弃在语言不通、水土不服的异国他乡。根据记载，日本铺开战场的整个亚洲和太平洋群岛到处都有慰安所。

这二十万人中竟然还有十一岁的孩子。她们的平均年龄为十六七岁，大部分都是在贫穷的家庭中出生，连小学都没能好好上。而且，她们中的大部分人是以为去工厂上班赚钱，或者被绑架走的。就像被卖掉的家畜那样，她们被卡车、船只、列车运去了战场。她们被称为"朝鲜屄"，每天要接待十几名日本军人（有证言表明，有人一天甚至要接待超过五十名的军人），如果怀孕，就要做手术把胎儿和整个子宫切除掉。活着回来的女孩们大部分已经失去了生育的机会。

不仅对于受害者来说如此，慰安妇问题也是韩国女性历史上最可怕、最荒唐、最耻辱的精神创伤。普里莫·莱维说过，"对创伤的记忆本身就是一种精神创伤"。继一九九一年八月十四日金学顺老奶奶出来公开做证，直到现在都不断有受害者挺身而出。如果没有那些证词，我想我是写不出这部小说的。

写小说初稿的那一年，九位日军慰安妇受害者在很短的时间里相继离开了人世。小说进行连载和打磨期间，又有六位离世。在我写"作者的话"的现在，只剩下四十位受害者（政府登记在册的日军慰安妇受害者一共是二百三十八人）。在此期间，韩国和日本政府无视"事实认定和真正的道歉"程序，将受害者们远远地置于看客的位置，单方面公布了《韩日慰安妇协议》。日本政府更是屡屡施压，称"将捐出十亿日元左右的支援金，但必须拆除少女雕像"①。

就像受害者之一熏奶奶说的那样，虽然她们生活在"猪狗都不如"的时代，但是每次看到那些没有失去人的气度、威严和勇气的受害者，我都会感叹不已。

那些受害者也是我的奶奶。怀着祈祷她们能幸福的心情，将这部不完美的小说公之于世。

二〇一六年八月
金息

---

① 为了敦促日本政府就慰安妇问题正式道歉并做出赔偿，韩国民间团体于2011年12月在日本驻韩国大使馆前面设置了一座象征慰安妇的韩国少女铜像。为向全球传达出反对女性性暴力和侵犯人权的反战与和平愿望，美国、加拿大、澳大利亚、中国、德国等北美、亚太和欧洲地区也于多处设立了一模一样的少女铜像，铜像底部或旁的石碑上镌刻着慰安妇的历史简介。2016年日本外务省公布了为援助慰安妇受害者向韩国提供10亿日元（约合人民币6621万元）的支出明细后，随后要求韩国尽快拆除日驻韩大使馆前的慰安妇少女像。

译后记

和作家金息的缘分可以追溯到二〇一五年。那一年我在韩国梨花女子大学攻读韩国现代文学的博士学位,就是在那段时间,我第一次读到了金息的作品。最早读到的是金息的第一部短篇小说集《斗狗》(투견),二〇一六年我把这部小说集中的同名短篇译成了中文,并顺利地获得了韩国文学翻译院的翻译项目资助。

二〇一六年四月,我在位于首尔江南区的韩国文学翻译院见到了作家金息。那是文学院举行的一次作家和读者的见面会,还记得下午上完课匆匆打车从江北疾驰到江南,路遇交通高峰,到达时见面会已经进行过半了。场地里坐满了来自不同国家的热情读者,大家非常踊跃地进行提问,我幸运地抓住最后一个机会,和作家进行了面对面的交流。那天主持见面会的是文学评论家朴惠泾,她给包括《最后一人》在内的金息的多部作品写过解读。和张扬的主持者相比,作家金息显得沉静而内敛。

梨大图书馆二楼的书架上有一整排的金息小说,那里记录着我漫长的阅读时光。金息大学时读的是社会福利专业,也曾去残疾人中心做过志愿者。也许受此影响,她的作品几乎无一例外地关注着社会边缘群体。金息擅长通过各种残酷的形象和充满幻想的技法描绘社会的阴暗面以及由此给人带来的创伤,这一点受到了韩国评论界和读者的高度评价。他们普遍认为,金息的作品中蕴含着人们对这个时代的不安及内心分裂的精准描写和自省。金息是二十一世纪二十年代(2010—2020年)唯一一位同时获得"许筠文学作家奖"(2012)、"大山文学奖"(2013)、"现代文学奖"(2013)、"李箱文学奖"(2015)、"东里文学奖"(2017)和"东仁文学奖"(2020)等韩国重量级文学奖项的作家,目前她的作品已被翻译成汉语、英语、日语、法语、德语、西班牙语、俄语等多个语种。

从二〇〇五年出版第一部短篇小说集《斗狗》,到二〇二一年出版第一本童话绘本《孩子与刀》(아이와 칼),十七年的时间里,金息一共创作了十三部长篇小说、七部短篇小说集、一部绘本,可谓非常高产。二〇一六年可以看作金息文学创作的一个分水岭,二〇一六年以前,金息的作品笔触对准的都是日常生活中底层人的故事。从二〇一六年开始,金息接连推出了以历史事件为素材的长篇小说,包括描写李韩烈士事件的《L的运动鞋》(L의 운동

译后记

화)(2016)、描写慰安妇问题的《最后一人》(2016)等。在梨大图书馆看了《最后一人》后,我当即决定开始翻译。二〇一八年,本书的中文译介再次获得了韩国文学翻译院的翻译资助。

为了写《最后一人》,金息在两年多的时间里研读了三百多份受害者证词。这是一部立足于未来假想时间写成的小说,但多达三百一十四个尾注的真实信息又让这本小说拥有了纪实文学的底色。本书承载的内容是残忍和痛苦的,可书中的语言却是精练甚至是轻盈的。金息从高中时期便开始写诗,也曾获奖无数。她说,自己早期写成的小说也是在写诗的过程中,篇幅越拉越长而最终成为小说的。《最后一人》中诗一般的语言固然和金息写诗出身的文学性格不无关系,但在一定程度上也是作家的有意之举。金息曾表示,对于那些残忍的故事,她希望它们"是彻头彻尾的文学",因为这样的文字是对受害者的一种"礼仪"。她希望用"节制的""升华过的"语言来讲述它们,以此避免对受害者造成二次伤害。至于小说的叙事性,她反倒不会放在第一位。她承认完美的叙事能让小说更加出色,但在她看来,叙事也可能成为降低小说品格的"必要恶"。《最后一人》推出后在韩国引发了巨大的反响和关注,NAVER 图书频道的评分高达 9.5 分。二〇一八年九月,该书的日语版在日本出版;二〇二〇年九月,译名为 *One Left* 的英文版也经华盛顿大学出版社出版。

继《最后一人》之后,金息还陆续发表过多部慰安妇题材的作品。包括长篇小说《流动的信》(흐르는 편지)、中篇小说《听力

时间》(듣기 시간)、童话绘本《孩子与刀》等。其中《崇高凝视我》(숭고함은 나를 들여다보는 거야)和《你希望军人成为天使吗》(군인이 천사가 되기를 바란 적 있는가)是分别以金福童和吉元玉老人的证言为蓝本写成的证言集。那是在二〇一八年年初，战争和女性人权博物馆馆长金东熙（音）给金息打来电话，"没多少时间了"。金馆长悲伤地说，希望趁两位老人还在世，为她们分别写一本书。当时金福童老人正在进行抗癌治疗，吉元玉老人得了老年痴呆，记忆日益模糊。金馆长表示，希望能用文字留住两位老人的一生。为了听到那句道歉，老人们已经无数次站出来讲述自己痛苦的过往，但只要她们的话语变成文字留在书里，就永远不会消失。金息当即决定立刻开始安排日程采访两位老人，于是在长达六个月的时间里，从冬天到春天，再到夏天，金息对两位老人进行了二十多次采访。当时金福童老人已经九十三岁，吉元玉老人也已九十岁了。两位老人年事已高，沟通的过程颇为艰辛，让她们打开心扉再次回忆那些过往的过程也非常不易。最后，以她们的证言为骨架的《崇高凝视我》和《你希望军人成为天使吗》在二〇一八年八月十四日的"慰安妇纪念日"这天问世了。（自已故的金学顺老人于一九九一年八月十四日向世界各国公开做证日军慰安妇受害者问题后，每年的八月十四日便被指定为"慰安妇纪念日"）两本书将二分之一的版税分别捐赠给了吉元玉女性和平基金和金福童奖学基金。

很多人不知道，"金息"这个笔名中的"息"字，最初的本意并不是"呼吸""气息"的"息",而是"藏(起来)"的意思。①生活中的金息胆小谨慎,"不安"是她众多作品的叙事内核。但文学世界中的金息无比勇敢,她说:"小说家就是那些揭发暴力的人。"为此小说家金息一直瞪大双眼直视着生活中的苦难和历史的创伤,绝不回避和逃避。慰安妇问题是中韩两国共同的历史创伤,有关慰安妇的苦难记忆不仅仅属于韩国,也是中国人民心中无法忘记的痛。前几日在新闻里看到了我国慰安妇受害者雷金二老人在湖南家中去世的消息。至此,目前中国大陆在世的已确认过身份的慰安妇受害者仅剩十二人。韩国方面可以查到的数据是,截至二〇二二年五月,在世的韩国慰安妇受害者仅剩十一人。很多人问过金息这样的问题:这些年来写了这么多慰安妇题材的作品,中间的过程会不会非常压抑、难过?金息的回答是,作为小说家,她能做的就是通过写作来记录历史。她还呼吁,所有人都应该在自己的能力范围之内做自己能做的事情,因为这才是我们为人的"道理"。

最后,向磨铁图书的任菲编辑和国际文化出版公司的老师们表示衷心的感谢!同时向作家金息致以深深的敬意!

叶蕾
二〇二二年七月于重庆

---

① 韩语里"息"和"藏"均写作"숨",二者发音相同。(编注)

参考资料

* 相同的书再次出现时，原则上只标记题目。
* 同一人的同一本书，原则上只标记人名。
* 相同的书多次出现时，原则上仅在首次出现处标记原书名。

1 朴斗里（1924年生），《被强征的朝鲜慰安妇2》（강제로 끌려간 조선인 군위안부들 2），韩国挺身队问题对策协议会·韩国挺身队研究会编，Hanul，1997。

2 陈景彭（1923年生），《被强征的朝鲜慰安妇2》·江武子（1928年生），《被强征的朝鲜慰安妇2》

3 陈景彭·江武子

4 崔甲顺（1919年生），《用记忆重新书写历史——被强征的朝鲜慰安妇4》（기억으로 다시 쓰는 역사—강제로 끌려간 조선인 군위안부들 4），韩国挺身队问题对策协议会2000年日军性奴隶战犯女性国际法庭韩国委员会证言组，Pulbit，2000。

5 江武子

6 金英淑（1927年生，韩鲜日军慰安妇受害者），《沉痛的归乡第一部——北边奶奶的证言》（슬픈 귀향 1부—북녘 할머니의 증언），伊藤高志，Newstapa《目击者们》栏目提供。

7 金福童（1927年生），《被强征的朝鲜慰安妇2》

8 李京生（1927年生，韩鲜日军慰安妇受害者），《沉痛的归乡第一部——北边奶奶的证言》

9 黄善顺（1926年生），《以泪洗面的慰安妇老奶奶》，EBS，2013年10月7日节目。

10　DOO（1929年生），《您听到了吗？十二个少女的故事——日军慰安妇迫害口述记录》（들리나요? 열두 소녀의 이야기―일본군 위안부 피해 구술 기록집），对日抗争期强制动员受害调查及国外强制动员牺牲者等支援委员会，2013。

11　李玉善（1925年生），《忠清北道网络新闻"我们共同的忠北"》（충청북도 인터넷신문 함께하는 충북）2015年8月4日版。本书相关内容以李玉善奶奶的证言内容为原型进行了艺术加工。

12　李玉善（1927年生），《书写历史的故事——日军"慰安妇"女性的经历与记忆，日军"慰安妇"证言录6》（역사를 만드는 이야기―일본군'위안부'여성들의 경험과 기억, 일본 군'위안부'증언집 6）

13　郑玉顺（1920年生，韩鲜日军慰安妇受害者），《沉痛地归乡第一部——北边奶奶的证言》

14　郑玉顺

15　郑玉顺

16　郑玉顺

17　江武子

18　崔明顺（1926年生），《被强征的朝鲜慰安妇1》（강제로 끌려간 조선인 군위안부들 1），韩国挺身队问题对策协议会，Hanul，1993。本书相关内容是以崔明顺奶奶的证言内容为原型进行了艺术加工。

19　日本殖民统治时期朝鲜总督府专卖局销售的一种香烟。

20　金恩礼（1926年生），《被强征的朝鲜慰安妇3》（강제로 끌려간 조선인 군위안부들 3），韩国挺身队问题对策协议会・韩国挺身队研究会编，Hanul，1999年。

21　金巡岳（1928年生），《谁人解我心》（내 속은 아무도 모른다카

参考资料

이），金善抶，和挺身队老奶奶们同在的市民团体。

22　ＩＯＯ（1923年生），《您听到了吗？十二个少女的故事》

23　文玉珠（1924年生），《被强征的朝鲜慰安妇1》

24　李玉善，CNN采访，2015年12月29日节目。

25　ＢＯＯ（1927年生），《您听到了吗？十二个少女的故事》

26　ＫＯＯ（1923年生），《您听到了吗？十二个少女的故事》

27　李容洙，"桔梗花的故事"是作家根据李容洙老奶奶的口述内容，经艺术加工写成。

28　黄金洙（1922年生），《被强征的朝鲜慰安妇1》

29　ＢＯＯ（1929年生），《您听到了吗？十二个少女的故事》

30　ＢＯＯ（1927年生），《您听到了吗？十二个少女的故事》

31　ＡＯＯ（1930年生），《您听到了吗？十二个少女的故事》

32　金恩珍（1932年生），《被强征的朝鲜慰安妇2》

33　ＪＯＯ（1924年生）·ＢＯＯ（1924年生），《您听到了吗？十二个少女的故事》

34　ＡＯＯ（1930年生），《您听到了吗？十二个少女的故事》

35　黄金洙

36　ＢＯＯ（1927年生），《您听到了吗？十二个少女的故事》

37　ＢＯＯ（1930年生），《您听到了吗？十二个少女的故事》

38　李起贞，韩国《中央日报》2015年9月9日版。

39　金巡岳，《书写历史的故事》(역사를 만드는 이야기)

40　ＰＯＯ（1940年生），《您听到了吗？十二个少女的故事》。本书相关内容是作家根据ＰＯＯ老奶奶的口述内容，经艺术加工写成。

41　黄金洙

42　金凤以（1927年生），《书写历史的故事》

43　金福童

44　江武子

45　金花子（1926年生），《书写历史的故事》

46　金花子

47　任正子（1922年生），《书写历史的故事》

48　李玉善

49　何顺女（1920年生），《被强征的朝鲜慰安妇1》

50　金英淑

51　金花子

52　金花子

53　李得男（1918年生），《被强征的朝鲜慰安妇1》

54　金花子

55　金英淑（1927年生，韩鲜日军慰安妇受害者），《北方从军慰安妇受害者金英淑奶奶的证言》(북측 종군위안부 피해자 김영숙 할머니중언)，《韩民族21》2002年3月号。

56　ＡＯＯ（1930年生）

57　李龙女（1926年生），《被强征的朝鲜慰安妇1》

58　李英淑

59　金巡岳，《谁人解我心》

60　金巡岳

61　ＡＯＯ（1925年生），《您听到了吗？十二个少女的故事》

62　赵尹玉（1925年生），《再也无法重回我思念的故乡》(가고 싶은 고향을 내 발로걸어 못 가고)，和挺身队老奶奶们同在的市民团体，美

好的人们，2007。

63　金福童

64　金福童

65　李尚玉（1922年生），《被强征的朝鲜慰安妇1》

66　金春姬（1923年生），《被强征的朝鲜慰安妇2》

67　赵尹玉

68　黄金洙，《日帝强占期》(일제강점기)，朴道编著，Noonbit，2010。

69　郭金女（1924年生，韩鲜日军慰安妇受害者），《沉痛地归乡第二部——北边奶奶的证言》(슬픈 귀향 2부—북녘 할머니의 증언)，伊藤高志，Newstapa《目击者们》栏目

70　郑玉善

71　金福童

72　李容洙（1928年生），《被强征的朝鲜慰安妇1》

73　尹斗里（1928年生），《被强征的朝鲜慰安妇1》，韩国挺身队问题对策协议会・韩国挺身队研究会编，Hanul，1993。

74　ＢＯＯ（1927年生），《您听到了吗？十二个少女的故事》

75　金春姬

76　ＢＯＯ（1927年生）

77　尹斗里

78　黄金洙

79　黄金洙・尹顺万（1929年生），《用记忆重新书写历史》(기억으로 다시 쓰는 역사)

80　黄金洙

81　金英子（1923年生），《用记忆重新书写历史》

82　金恩珍

83　文玉珠

84　张点乧（1923 年生），《书写历史的故事》

85　金春姬

86　尹斗里

87　崔甲顺（1919 年生），《用记忆重新书写历史》

88　尹顺万

89　文必起（1925 年生），《被强征的朝鲜慰安妇 1》

90　李英淑（1921 年生），《被强征的朝鲜慰安妇 3》

91　崔甲顺

92　郑玉顺，《比地狱刑罚更恐怖的日军蛮行》(지옥의 형벌보다 더 치떨리는 일본군의 만행)，伊藤高志，《韩民族 21》1998 年 10 月号。

93　李尚玉（1926 年生，韩鲜日军慰安妇受害者），《韩鲜慰安妇奶奶的证言》(북한 위안부 할머니들의 증언)，伊藤高志，Newstapa《目击者们》栏目

94　金恩珍

95　金恩珍

96　ＨＯＯ（1925 年生），《您听到了吗？十二个少女的故事》

97　ＢＯＯ（1929 年生），《您听到了吗？十二个少女的故事》

98　陈景彭（1923 年生），《被强征的朝鲜慰安妇 2》

99　李京生

100　李京生

101　朴然里（1921 年生），《被强征的朝鲜慰安妇 2》

102　李龙女

103　卢晴子（1920年生），《书写历史的故事》

104　陈景彭

105　崔一礼（1926年生），《被强征的朝鲜慰安妇2》

106　金花子

107　郑陈桃（台湾日军慰安妇受害者），《没有结束的战争，日军慰安妇》，《KBS Panorama Plus》2013年8月11日节目。

108　余福实（1922年生），《被强征的朝鲜慰安妇2》

109　李尚玉（1922年生），《被强征的朝鲜慰安妇1》

110　ＫＯＯ（1923年生）

111　朴车顺（1923年生），《闻到故土的气息，唱起"阿里郎"……湖北省九十三岁的老奶奶》(고향 흙냄새 맡자 "아리랑"… 후베이성 93세 할머니)，韩国《中央日报》2015年11月12日版。

112　ＦＯＯ（1923年生）

113　ＦＯＯ（1923年生）

114　赵润玉

115　张点乭

116　余福实

117　ＡＯＯ（1930年生），《您听到了吗？十二个少女的故事》

118　赵润玉

119　金学顺

120　张点乭

121　崔明顺

122　尹斗里

123　金福童（1925年生）

124　全金花（1924年生），《被强征的朝鲜慰安妇2》

125　金福善，《被强征的朝鲜慰安妇》

126　李得男

127　陈景彭

128　崔一礼·朴书云

129　江武子

130　张森土（中国日军慰安妇受害者），《尚未结束的战争，日军慰安妇》，"KBS Panorama Plus"2013年8月11日节目。

131　ＢＯＯ（1927年生）

132　ＢＯＯ

133　金福童

134　崔甲顺

135　李巡岳

136　金福童

137　金德珍（1921年生），《被强征的朝鲜慰安妇1》

138　ＥＯＯ（1927年生），《您听到了吗？十二个少女的故事》·金春姬（1923年生），《被强征的朝鲜慰安妇2》

139　张点㐆

140　朴顺爱（1919年生），《被强征的朝鲜慰安妇1》

141　崔贞礼（1928年生），《被强征的朝鲜慰安妇2》

142　金德珍

143　李得男

144　张点㐆

145　军人使用的携带式饭盒

参考资料

146　陈景彭

147　金福童・崔一礼

148　金德珍

149　金春姬

150　金福童

151　ＡＯＯ（1930年生）

152　崔一礼

153　勤劳奉仕。以志愿服务的形式无偿提供劳动力的行为。

154　李尚玉，《被强征的朝鲜慰安妇1》

155　张点乭

156　金玉珠

157　ＩＯＯ（1923年生）

158　ＫＯＯ（1923年生）

159　熏奶奶（1924年生），《被抛弃的朝鲜女孩们》（버려진 조선의 처녀들），和挺身队老奶奶们同在的市民团体，Beautiful people，2004。

160　朴顺爱（1919年生）

161　金玉珠（1923年生），《被强征的朝鲜慰安妇3》

162　赵顺德（1921年生），《被强征的朝鲜慰安妇3》

163　任正子（1922年生），《书写历史的故事》

164　金春姬

165　任正子

166　江武子

167　孙判妊

168　黄金洙

169　崔一礼

170　江武子

171　李英淑

172　文玉珠

173　李英淑（1921 年生），《被强征的朝鲜慰安妇 1》

174　李英淑

175　何顺女

176　孙判妊

177　朴斗里

178　李顺玉（1921 年生），《被强征的朝鲜慰安妇 1》

179　李顺玉

180　沈达烟（1927 年生），《被强征的朝鲜慰安妇 3》

181　崔一礼

182　李玉顺，CNN 采访，2015 年 12 月 29 日节目。

183　崔贞礼

184　朴然里

185　金恩珍

186　朴然里

187　金福童

188　文毕起

189　朴然里

190　ＫＯＯ（1930 年生）

191　黄金洙

192　李顺玉

参考资料

193　江武子

194　金凤以（1927年生），《书写历史的故事》

195　朴然里

196　崔甲顺

197　黄金洙

198　郑叙云

199　崔甲顺

200　郑叙云·崔一礼

201　江德敬（1929年生），《被强征的朝鲜慰安妇1》

202　黄金洙

203　全金花

204　赵顺德（1921年生），《被强征的朝鲜慰安妇3》

205　金春姬

206　金福童

207　文玉珠

208　文玉珠

209　金珺子（1926年生），1997年2月7日，金珺子老人在韩国教育院发表了题为"只要我还活着"的日军慰安妇证言。

210　ＣＯＯ（1920年生），《您听到了吗？十二个少女的故事》

211　李容洙

212　崔一礼

213　崔花善

214　崔花善

215　崔花善

216　韩玉善

217　李龙女

218　崔贞礼

219　黄金洙

220　金粉善（1922年生），《被强征的朝鲜慰安妇2》

221　金义景（1918年生），居住在中国的日军"性奴隶"受害老人图片集，The House of Sharing。

222　ＫＯＯ（1923年生）

223　ＫＯＯ（1923年生）

224　李尚玉（1922年生），《被强征的朝鲜慰安妇1》

225　文必起

226　文必起

227　金学顺

228　金学顺

229　崔明顺

230　金福童·金恩珍

231　金玉珠·崔明顺

232　金春姬

233　李玉善，CNN采访

234　吉元玉（1928年生），《书写历史的故事》

235　吉元玉

236　郑允洪（1920年出生），《用记忆重新书写历史》

237　朴车顺，《我是日军性奴隶第三话——慰安所是日军的公共厕所》（나는 일본군 성노예였다 3화―위안소는 일본군의 공중변소였다），

参考资料

安世洪 文，2016.2.2。

238　ＫＯＯ（1923年生）

239　黄金洙

240　一种日式鞋子，拇指和其他脚趾呈分开状。

241　朴然里（1921年生）

242　ＡＯＯ（1930年生），《您听到了吗？十二个少女的故事》

243　崔甲顺（1919年生），《用记忆重新书写历史》

244　崔甲顺

245　崔甲顺

246　金春姬

247　崔甲顺

248　崔贞礼·崔甲顺

249　崔一礼

250　金珺子

251　江武子

252　金英子

253　金巡岳，《谁人解我心》

254　ＫＯＯ（1923年生）

255　ＦＯＯ（1923年生），《您听到了吗？十二个少女的故事》

256　ＩＯＯ（1923年生）

257　ＩＯＯ

258　黄顺伊（1922年生），《被强征的朝鲜慰安妇3》，在黄顺伊老奶奶证言的基础上，作家进行了艺术加工。

259　ＫＯＯ（1923年生）

260 ＫＯＯ

261 ＫＯＯ

262 金德珍

263 黄顺伊

264 吉元玉

265 赵顺德

266 赵顺德

267 李容洙

268 金华仙（1926年生），《用记忆重新书写历史》

269 江武子

270 江武子

271 江德敬

272 金福童，《我一生从未付出过感情》(난 평생 정이라곤 줘본 적이 없어)，《韩民族》2015年12月22日版。

273 韩玉善（1919年生），《书写历史的故事》

274 金春姬

275 张点乭

276 张点乭

277 黄顺伊

278 安法顺（1925年生），《用记忆重新书写历史》·任正子（1922年生），《书写历史的故事》·金福童（1926年生），*News Magazine Chicago*，2013年12月27日节目。

279 金福童

280 文玉珠

参考资料

281 黄金洙

282 江德敬

283 金恩珍,《被强征的朝鲜慰安妇 2》

284 文必起（1925 年）,《被强征的朝鲜慰安妇 1》

285 陈景彭

286 金福童

287 李秀丹

288 李秀丹

289 黄顺伊

290 ＫＯＯ

291 尹顺万

292 金福童

293 金英子

294 金福童，CNN 采访，2015 年 4 月 49 日节目。

295 金学顺

296 李容洙

297 李容洙

298 李玉善

299 李尚玉

300 尹斗里

301 张森土

302 张森土

303 黄金洙（1922 年生），视频《日本军未完的故事》，李道恩　整理。

304 郑玉顺

305　金英淑

306　李容洙。引自 2015 年 4 月 21 日李容洙老奶奶去华盛顿做证人时，特派记者的采访内容。

307　李容洙

308　文玉珠

309　李玉粉

310　ＡＯＯ（1930 年生）

311　朴然里

312　文玉珠，《缅甸前线日军慰安妇文玉珠》（버마전선　일본군'위안부'문옥주），Beautiful people，森那美智子　文，金正成　译，和挺身队老奶奶们同在的市民团体，2005。

313　张森土

314　以奇（印度尼西亚日军慰安妇受害者），《没有结束的战争，日军慰安妇》，《KBS Panorama PLUS》2013 年 8 月 11 日节目。

图书在版编目（CIP）数据

最后一人 /（韩）金息著；叶蕾译. -- 北京：国际文化出版公司，2023.9
ISBN 978-7-5125-1542-0

Ⅰ.①最… Ⅱ.①金… ②叶… Ⅲ.①长篇小说-韩国-现代 Ⅳ.① I312.645

中国版本图书馆 CIP 数据核字（2023）第 104968 号

北京市版权局著作权合同登记 图字 01-2023-3619 号

한 명 (One left)
by Kim Soom
First published in 2016 by Hyundae Munhak Publishing Co., Ltd., Korea.
© Kim Soom
All rights reserved.
Simplified Chinese edition © 2023, by Beijing Xiron Culture Group Co., Ltd.
This Simplified Chinese edition was published by arrangement with Hyundae Munhak Publishing Co., Ltd. through HAN Agency Co., Korea.
This book is published with the support of the Literature Translation Institute of Korea (LTI Korea).

最后一人

作　　者	〔韩〕金息
译　　者	叶　蕾
责任编辑	侯娟雅
出版发行	国际文化出版公司
经　　销	国文润华文化传媒（北京）有限责任公司
印　　刷	三河市中晟雅豪印务有限公司
开　　本	880 毫米 × 1230 毫米　32 开 8.25 印张　166 千字
版　　次	2023 年 9 月第 1 版 2023 年 9 月第 1 次印刷
书　　号	ISBN 978-7-5125-1542-0
定　　价	49.80 元

国际文化出版公司
北京朝阳区东土城路乙 9 号　　　　邮编：100013
总编室：(010) 64270995　　　　　传真：(010) 64270995
销售热线：(010) 64271187
传　真：(010) 64271187-800
E-mail: icpc@95777.sina.net